달면 삼키고
쓰면 좀 뱉을게요

달면 삼키고 쓰면 좀 뱉을게요

김혜원 지음

내가 좋아하는 것들로

채우는 인생

스스로가 뭘 좋아하는지도 모르고

'아무거나'로 퉁 치는 게으른 사람은

아니었으면 좋겠다.

|프롤로그|

오늘부터 '아무거나' 금지

언젠가 친구가 "취향이 있다는 게 무슨 뜻이냐"고 물은 적이 있다. 평소 자주 쓰는 표현이었지만 생각해보니 정확한 뜻을 몰랐다. 잘 모르겠다고 솔직하게 말하자 친구는 무슨 에디터가 그런 것도 모르냐며 웃었다.

그날 우리가 대화를 통해 찾은 답은 이거였다. 특정 카테고리를 떠올렸을 때 좋고 싫음이 명확하게 나뉘면 취향이 있는 거. 이래도 그만, 저래도 그만이면 없는 거. 이를테면 밀떡만 먹는 사람은 떡볶이에 취향이 있는 사람. 또, '부먹'을 질색하고 '찍먹'만 고집한다면 탕수육에 대한 취향이 있는 사람.

그 기준을 스스로에게 적용해보니 나는 대체로 모든 분야에 있어서 확고한 취향을 가진 인간이었다. 남들과 비교했을 때 특별히 힙하거나 대단한 취향이 있다는 뜻은 물론 아니고, 그냥 뭘 보든, 듣든, 입든, 좋고 싫음이 확실했다. 옷으로 설명하자면, '멋쟁이'는 아닌데 자기 세계가 확실한 스타일이랄까. 그래서 정말 피곤하게도 직접 선별하지 않은 것에는 좀처럼 만족하지 못했다.

그러나 나는 누구보다 자주 '아무거나'를 외치는 인간이기도 했다. 살면서 '뭔가 잘못됐다'는 느낌이 드는 시기가 종종 있었는데, 가만 보면 그런 시즌에는 어김없이 아무거나 먹었고(내 인생인데 점심 메뉴 정도는 내 마음대로 고를걸), 아무거나 입었으며(쇼핑을 할 시간과 기력이 없었다), 휴대폰으로 아무거나 보면서 시간을 버렸다.

이런 일도 있었다. 재작년 가을 차를 타고 제주의 숲길을 달릴 때였다. 특별한 목적지 없이 도로 양옆으로 늘어선 나무들을 보면서 별생각 없이 나아가던 중이었다. 내내 합리적인 선택을 하기 위해 전전긍긍하며 살았으므로 휴가 기간만은 그 어떤 작정도 없이 다소 막연하게 지내고 싶었다. 운전하던 김수현(남편 이름)이 다급한 목소리로 소리친 건, 반복되는 풍경에 급격히 심드렁해진 내가 휴대폰 화면으로 시선을 옮기던 찰나였다.

"헐, 여기서 바다가 보이네? 야, 휴대폰 보지 말고 이거 빨리 봐야 돼!"

모든 게 예상대로라고 착각한 순간에 만난 예상치 못한 풍경은 조금 느끼하게 표현하자면 미셸 공드리 영화의 한 장면처럼 아름다웠다. 산 중턱에서 바다를 바라보니 꼭 하늘에 떠 있는 기분이었고, 바다와 노을이 만든 공기의 색감은 아무리 좋은 필터를 써도 흉내 낼 수 없을 만큼 근사했다.

김수현은 이런 순간에 음악이 빠질 수 없다며 지금과 어울리는 노래를 틀어달라고 요청했다. 그 정도야 뭐! 문제없지. 잔잔하면서도 너무 처지지 않고 해 질 녘과 잘 어울리는 노래 말하는 거지? 나는 자신 있게 재생 목록을 열었다. 열었는데… 음, 막상 어떤 노래를 골라야 할지 막막했다.

우선 최근 재생 목록엔 욕설이 난무하는 노래밖에 없었다. 그즈음 전투력을 높여야 할 일이 유독 잦았던 탓이었다(나는 힘들 때 힙합을 듣는다). 한편 만들어둔 지 한참 된 플레이리스트에는 몇백 번씩 들어서 이미 질릴 대로 질린 곡들만 가득 쌓여 있었다.

분명히 얼마 전 라디오에서 괜찮은 노래를 들었는데. 이럴 때 듣기 좋은 노래가 재생 목록 어디에 있었던 것 같은데. 어렴풋한 감각만 남아 있을 뿐 제목이 생각나지 않았다. 그렇게 내가 휴대폰에 코를 박고 우물쭈물하는 사이 창밖은 어느새 어둑어둑해지는 중이었다. 평소에 플레이리스트 좀 정리해둘걸. 뭐가 그렇게 바빠서 노래도 못 듣고 살았나. 뒤늦게 후회해봤자 꿈결처럼 예쁜 구간은 이미 흘러가버린 후였다.

행복한 매일이 모여 행복한 인생이 된다던데. 이렇게 불만족스러운 하루가 쌓여 불만족스러운 인생이 되는 건 아닐까. 새삼 걱정하던 시기에 이 책을 쓰기 시작했다. 나는 좀 부지런해질 필요가 있었다. 미묘하고 까탈스러운 내 취향을 만족시킬 수 있는 건 친구도, 가족도 아닌 오직 나 자신뿐일 테니. "인생이 도무지 만족스럽지 않다!"며 드러눕기 전에 스스로의 비위를 잘 맞춰줘야 했다.

일단 결심부터 했다(참고로 나는 매년 300번 쯤 새로운 결심을 한다). '아무거나로 인생을 낭비하지 않기'로. 한 번 사는 인생 아무거나 말고 좋아하는 것으로 채우며 살아봐야지.

그렇게 하기 위해선 먼저 내 취향의 방향이나 위치가 정확히 표시되어 있는 지도가 필요했다. 지금 내 마음속은 30년 동안 한 번도 정리하지 않은 창고 같은 상태일 테니까. 필요할 때 필요한 취향을 꺼내 쓸 수 있도록 제자리를 찾아주는 작업부터 시작하기로 했다.

일단 문제의 플레이리스트부터! 화났을 때 듣기 좋은 노래, 글 쓸 때 필요한 가사 없는 노래, 걸으면서 들을 산뜻한 템포의 음악까지. 상황별로 기분별로 섬세하게 나누어 정리해놓았다. 다시는 중요한 순간을 어울리지 않는 배경 음악으로 망치고 싶지 않았으므로.

또 두서없이 지도 앱에 저장해두기만 한 '가보고 싶은 장소'들도 상황별로 다시 분류해두었다. 모처럼 여유가 생겨서 어디든 가고 싶을 때. 그러나 어디로 가야 할지 잘 모르겠을 때. 요긴하게 쓸 수 있도록. 덕분에 취향에 맞지 않는 장소에서 시간을 보내고 우울해하는 일도 줄어들었다.

이 책에는 취향은 있지만 그걸 적재적소에 써먹을 줄 모르는 사람이, 내게 맞는 삶의 방식을 찾아가는 이야기가 담겨 있다. 우리는 취향이 없는 게 아니라 아직 취향을 '정의'하지 못했을 뿐이니까. 괜히 주변 눈치 보다가 내가 좋아하는 것을 잊지도 잃지도 말자고. 달면 삼키고 쓰면 좀 뱉어가면서 나의 세계를 단단하게 만들어가자고. 스스로에게 잔소리를 하는 기분으로 썼다.

물론 우리에게 주어진 매일은 밑그림부터 내 맘대로 그릴 수 있는 스케치북이 아니라, 굵직한 형태가 이미 잡혀 있는 컬러링북에 가깝다는 걸 잘 안다. 내 취향이 전혀 아닌 장소에서 혼자 있었다면 절대로 먹지 않았을 음식을 견뎌야 하는 순간은 앞으로도 자주 있을 것이다. 다만, 내 마음대로 할 수 있는 온전한 시간이 선물처럼 주어졌을 때, 스스로가 뭘 좋아하는지도 모르고 '아무거나'로 퉁 치는 게으른 사람은 아니었으면 좋겠다.

차 례

2

기왕이면 아름다운 말로 인생을 기억하면 좋잖아요

3

달면 삼키고 쓰면 좀 뱉을게요

4

취향이 없는 게 아니라 내 마음을 정의하지 않은 거야

5

심심함을 견디는 연습

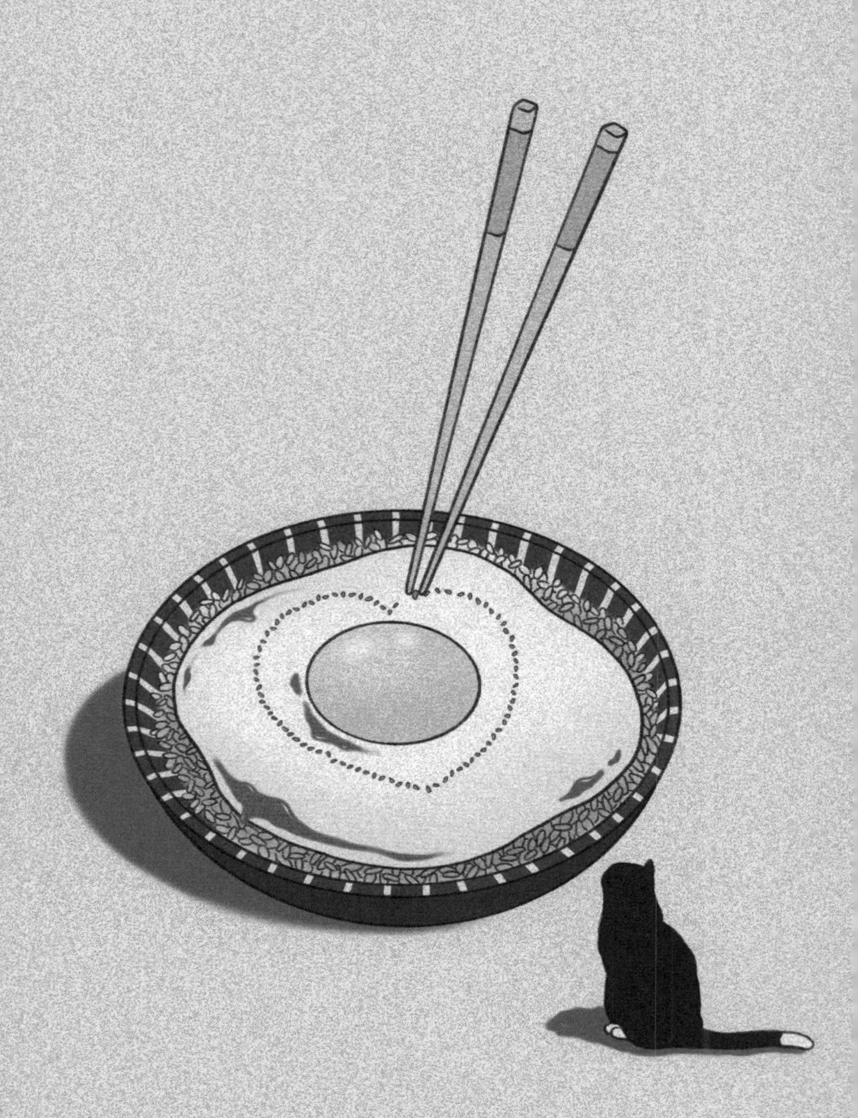

1

생활의 틈에 좋은 걸
채워 넣어요

좋아 보이는 장소를 어설프게 모아 전시하는 사람이 아니라, 남들 눈에는 평범해 보이더라도 내가 손에 쥔 것들을 귀하게 여길 줄 아는 사람이 되고 싶어졌다. 기념일에 간장 계란밥을 먹고도 인스타그램에 올릴 수 있는 사람이 될 수 있을까.

○
○
○

간장 계란밥을 귀하게 여길 줄 아는 사람

"혜원아 사진 너무 예쁘다. 인스타 잘 보고 있어. 요새 제주도에서 지내는 거야?"

졸업 이후 한 번도 만나지 못한 학교 선배로부터 메시지가 왔을 때, 나는 더러운 사무실 책상에서 죄 없는 모니터를 째려보며 밀린 업무를 쳐내고 있던 중이었다. 아마도 어젯밤 올린 여행 사진을 보고 착각한 모양이었다. "아, 그거 작년 봄에 찍은 사진이에요. 지금은 회사에서 열일중입니다ㅋㅋ. 잘 지내시죠?" 잠시 딴짓을 하는 사이 꺼져버린 모니터 화면 위로 피곤에 찌든 내 얼굴이 비쳤다. 모래 사장에 앉아 느긋하게 맥주를 마시는 사진 속 나와는 사뭇 다른 모습이었다.

어디서 봤는데 SNS를 하는 사람은 크게 두 부류로 나뉜다고 한다. '내가 이렇게 잘 지낸다'를 전시하고 싶은 사람과 '내가 이렇게 못 지낸다'를 전시하고 싶은 사람. 나는 명백히 전자와 같은 태도로 사진과 글을 올린다. 피드엔 의도적으로 예쁘고 좋은 것들만 남겨둔다. 보정 안 된 사진은 스토리에도 올리지 않는 게 나다. 인스타그램만 보면 내 팔자는 남부럽지 않아 보인다. 막상 잘 지내는 날은 1년 중 일주일도 채 안 됐지만.

어떻게든 있어 보이고 싶어서 발버둥치는 게 티가 나는 걸까. 괜히 찔려서 내 인스타그램을 처음부터 끝까지 정독해 보다가 나의 피드엔 '일상 사진'이 없다는 사실을 깨달았다. 애초에 서울에서 찍은 사진이 몇 장 없었다. 죄다 어디 놀러가서 찍은 사진들. 이러니 회사 그만두고 여행 다니는 거 아니냐는 오해를 사지.

(정말 찌질하기 짝이 없는 이야기지만) 지난여름엔 인스타에

올릴 사진이 없어서 우울한 날이 잦았다. 이런저런 일로 바빴던 탓에 좀처럼 생활 반경 바깥으로 나가질 못했기 때문이다. 내 일상엔 사진으로 남기고 싶은 장면이 하나도 없다며 한 계절 내내 징징거렸다. 내가 이렇게 삭막한 동네에서 일이나 하고 있는 사이에 저 사람들은 아름다운 것들을 보면서 취향도 감각도 근사해지는 중이겠지. 평일 낮 볕 좋은 카페에서 책을 읽는 사람이나 퇴근 후 바다 수영을 하는 사람들의 일상을 훔쳐보면서 얼마나 신세 한탄을 많이 했는지 모른다. 나만 빼고 다들 멋진 라이프스타일을 가꾸며 잘 살고 있는 것처럼 보여 배가 아팠던 것 같다.

그날 절친 디디가 무려 반차까지 내고 우리 회사 앞으로 온 건 아마도 내 상태가 심상치 않아 보였기 때문이겠지. 걔는 내가 위험해 보일 때마다 만사 제쳐두고 달려와 주는 친구다. 찾아오는 비상구랄까. 만날 때마다 자꾸 뭘 바리바리 싸와서 나는 걔를 할머니 같다고 놀린다. 과장이 아니라 양손 가득 보따리를 들고 있는 폼이 정말 시골에서 손녀딸 만나러 온 할머니 같아서 만날 때마다마다 괜히 애틋하다.

이번에도 역시나 디디의 두 손엔 나에게 줄 선물이 가득 들려 있었다. "갈색 봉투에 든 건 초콜릿이랑 과자야. 전에 먹어 보니까 맛있더라고. 사무실 사람들이랑 나눠 먹어. 그리고 이건 우리 집 앞 과일가게에서 산 무화과. 거기 과일이 아주 괜찮아." 어쩐지 신이 나서 재잘거리는 디디를 회사 카페에 데려다 놓고 일단 사무실로 돌아왔다. 오늘 꼭 처리해야 하는 급한 일들을 마무리하기 위해서였다. 예정대로라면 두 시간 일찍 퇴근해서 낮술을 마시고 있을 시간이었다. 해가 조금씩 넘어갈수록 마음이 초조해져서 도무지 일에 집중이 안 됐다. 그래서 몇 글자 쓰지 못하고 메신저 창을 열었다 닫았다 반복했다.

"미안해. 디자인이 안 나오네. 좀 더 걸릴 것 같아. 이러다 해 다 지겠다."

"괜찮아. 천천히 해. 나는 너희 회사 카페 구경하고 있어. 여기 너무 좋다. 구글 같아."

디디가 보내온 사진엔 매일 봐서 익숙한 우리 회사 카페가 찍혀 있었다. 연남동에 있는 유명한 카페라도 간 것처럼 공간 구석구석을 둘러보고 공들여 사진을 찍는 게 개

다워서 웃음이 났다.

결국 우리는 일곱 시가 한참 넘어서야 회사 건물 밖으로 나올 수 있었다. 마침 해가 지던 참이라 노을을 보며 좀 걷기로 했다. 어차피 낮술은 물 건너갔으니까. 술은 산책을 다 한 뒤에 긴긴밤 동안 마시면 될 일이었다.

"너희 동네 너무 좋다. 우니(친한 사람들이 나를 부르는 애칭)야. 이러고 있으니까 꼭 여행 온 것 같아."

다섯 걸음마다 한 번씩 멈춰서 사진을 찍는 디디는 정말 여행 중인 사람처럼 보였다. 빌딩 숲 사이로 손바닥만큼 보이는 빨간 하늘. 서울 어디에나 있는 벤치를 저렇게 열심히 찍을 일인가. 뒤에서 어깨를 으쓱거리던 나는 어느새 덩달아 들떠서 '우리 동네'를 소개하고 있었다. 여기가 내가 자주 가는 북엇국집. 저기는 점심시간에도 붐비지 않아 즐겨 찾는 커피 집. 작은 일에도 크게 신나하는 디디에겐 같이 있는 사람도 그 기분에 취하게 하는 능력이 있었다.

디디와 함께한 짧은 나들이는 자정이 조금 넘어서 끝이 났다. 사실 헤어지기 전에 우리 집에 가서 자고 가라고. 딱 한 잔만 더 하자고 졸랐는데 거절당했다.

화장을 지우지 않은 채로 침대에 누워 천장을 보고 있는데 휴대폰이 반짝거렸다. 디디가 내가 태그된 게시물을 올렸다는 알람이었다. '행복하다'는 말과 함께 오늘 찍은 사진이 여러 장 올라와 있었다.

불현듯 애틋한 마음이 끓어올라 늦은 밤 디디의 피드를 찬찬히 훑어봤다. 절반은 나와 함께 있던 장소였다. 그중엔 나의 피드엔 없는 우리 회사나 우리 집도 있었다.

천천히 스크롤을 내리다가 간장 계란밥을 찍은 사진을 발견했을 땐 잠시 멈출 수밖에 없었다. 언젠가 디디가 우리 집에 놀러 왔을 때 아침으로 해준 것이었다. 냉장고에 먹을 게 하나도 없어서 편의점에서 급하게 사온 계란과 즉석밥으로 만든 흔한 음식을 왜 피드에 남겨두었을까.

디디에게 받은 무화과 한 알을 씻어 통째로 씹어 먹으며 간장 계란밥을 귀하게 여길 줄 아는 사람과 매일 먹는 흔한 음식이라 무시하는 사람의 차이에 대해 생각했다. 내가 그토록 원하던 근사한 라이프스타일은 전자와 같은 태도를 가진 사람에게만 주어지는 특권이 아닌가 싶었다. 말 그대로 '라이프' 스타일이니까. 트래블이 아닌 라이프에서 자신만의 멋을 찾아야 했던 거였다. 간장 계란밥이나 친구 회사 카페에서도 특별함을 발견해내는 디디처럼. 오래전 읽었던 제임스 설터의 책에 쓰인 문장이 떠오르기도 했다.

"행복은 다른 걸 갖는 게 아니라 언제나 똑같은 걸 갖는 데 있다는 걸 난 그때 몰랐어."

그날 이후 내 피드에 작은 변화가 생겼단 걸 디디는 눈치챘을까? 우리 집, 우리 동네 사진을 열심히 찍는 요즘이다. 좋아 보이는 장소를 어설프게 모아 전시하는 사람이 아니라, 남들 눈에는 평범해 보이더라도 내가 손에 쥔 것들을 귀하게 여길 줄 아는 사람이 되고 싶어졌다. 기념일에 간장 계란밥을 먹고도 인스타그램에 올릴 수 있는 사람이 될 수 있을까. 상상해보니 이거 좀 힙한 것 같다. 잘 기억해뒀다가 내년 생일에 써먹어야지.

일요일
오후 세 시에
할 수
있는 일들

휴대폰 알람에 의지해 하루를 시작한다. 매일 아침 여덟 시에 알람이 울리도록 설정해뒀다. 출근하지 않는 주말에도 아침 알람을 켜둔 이유는 해야 하는 일 말고, 하고 싶은 일로 꽉 채운 하루도 보내고 싶기 때문이다.

그러나 희망사항은 희망사항일 뿐. 보통은 익숙한 기계음을 듣고 깜짝 놀라 룰렛 위의 해적처럼 벌떡 튀어 올랐다가 주말임을 확인하고 도로 눕는다. 그러곤 오른팔로 천하태평하게 코 골며 자고 있는 김수현을 끌어안고 남은 팔로 시답잖은 클립 영상을 보다가 다시 잠든다(남편은 알람을 무시하는 데 탁월한 능력이 있다. 잠귀가 어두운 게 아니라 그냥 못 들은 척하는 것이다. 내가 하는 말은 다 듣고 대답도 곧잘 한다).

이차 기상 시간은 열두 시쯤. 푹 잤는데도 컨디션이 별로라 억울할 때가 많다. 머리는 무겁고 눈은 말라서 뻑뻑하다. 배달 음식을 시켜 아침 겸 점심을 해결하고 나면 다시 잠이 온다. 그렇게 잤는데도!

여기서 나는 선택의 기로에 놓인다. 먹다 남은 과자봉지처럼 집안을 뒹굴며 주말을 마무리할 것인가. 아니면 이제라도 씻고 집 밖으로 나갈 것인가. 날씨나 계절이 따라주는 날엔 그것이 원동력이 되어 두 시쯤 욕실로 들어간다. 밀린 드라마를 보며 나갈 준비를 하고 외출용 원피스로 갈아입으면 오후 세 시가 된다.

일요일 오후 세 시. 무언가를 시작하긴 애매한데 그렇다고 하루를 포기하긴 아까운 시간. 서른 살이 됐을 때 딱 이런 기분이었던 것 같다. 그때 내가 시작하고 싶었던 게 뭐였더라. 더 늦기 전에 좋아하는 도시에 가서 살고 싶었다. 여행 한정 좋은 인생이 아니라 지속 가능한 행복을 찾고 싶었다. 여기서 이러고 있다가는 먹고사는 일에 찌들어

재미없는 인간이 되어버릴 것 같았다. 결국 이곳에 남아 틈틈이 자유로워지겠다는 애매한 선택을 하고 말았지만 (갚아야 할 빚이 있는 사람은 보헤미안이 될 수 없다).

일요일 오후 세 시에 어디로 갈 수 있을까. 바람 쐬러 멀리 나가기엔 너무 늦어버린 게 아닌지 잠시 고민하다 내비게이션 검색 창에 괜히 '춘천'을 찍어본다. 편도 한 시간 51분. 역시 머네. 한편으론 왕복 네 시간이면 나쁘지 않다는 생각이 든다. 어차피 집에 있어봤자 네 시간 내내 누워서 월요일 무섭다고 우울해하기밖에 더해? 고민은 출발만 늦출 뿐. 그런 의식의 흐름을 거쳐 우리는 별이 가장 예쁜 시간, 일요일 오후 세 시에 다른 도시로 향하는 고속도로를 타곤 한다.

언젠가 평론가 이동진이 블로그에 적어둔 글귀를 보고 크게 감탄한 적이 있다. "하루하루는 성실하게 인생 전체는 되는 대로." 그 말을 나 좋을 대로 해석하면, "서른에 새 출발을 하진 못했지만, 일요일 오후 세 시에 먼 곳으로 떠날 순 있지"가 된다.

일요일 오후 춘천행 도로는 장애물 하나 없이 뻥뻥 뚫려 있다. 반대편 도로가 주차장처럼 꽉 막혀 있을 때도 춘천 방향은 '소통 원활'이다. 위치상 같은 구역이라고 하더라도 어느 방향으로 가고 있느냐에 따라 도로 상황이 달라지는 게 매번 신기하다. 그런 날 두고 김수현은 이렇게 말했다. "그야 주말 다 끝났는데 이 시간에 서울서 강원도로 가는 차가 없기 때문이지?" 그렇다. 몇 시간 뒤면 해가 져서 사방이 캄캄해질 테니까. 그러면 내가 지금 달리는 곳이 서울인지 강원도인지 숲인지 바다인지 분간할 수 없어질 거고. 굳이 멀리까지 이동한 의미가 없어진다. 요즘 말로 가성비가 좋지 않은 나들이다.

특별히 배가 고프거나 화장실이 급한 게 아닌데도 우리는 매번 춘천 방향 가평 휴게소에 들른다. 해 지기 전에 목적지에 도착하려면 당장 30분이 급하지만 여길 들러야 비로소 멀리 나온 기분이 난다. 왕터산(이름을 몰라 검색해봤다)을 병풍처럼 두른 가평휴게소는 경치가 꽤 좋아서 그냥 뒷마당 파라솔에만 앉아 있어도 여유롭다. 거기서 우리와 비슷한 처지의 사람들을 종종 만난다. 찐 옥수수나 미지근한

핫바, 불어터진 떡볶이 같은 것들을 앞에 두고 다들 같은 얘길 하고 있다. "어디냐고? 나 춘천 가는 길. 일요일에 서울 방향 도로는 너무 막혀서. 우린 반대로 가!"

일요일 오후 세 시에 먼 곳으로 떠날 수 있는 사람이 되고 나서 '아는' 도시가 많아졌다. 예전엔 모처럼 시간이 나도 막상 어디로 가야 할지 막막했다. 현재의 나는 여행을 떠난 것처럼 확실한 기분 전환을 주는 장소를 여러 곳 알고 있다. 그리고 맘만 먹으면 그곳에 반나절 만에 닿을 수 있는 능력도 있다.

용사가 되어 세상을 구하는 임무를 수행하는 게임이 있다(이런 허접한 묘사로 설명될 게임이 아니므로 제목을 언급하진 않겠습니다). 갑자기 게임 이야기를 왜 하냐면 아는 도시를 하나씩 늘려가는 일이 이 게임의 어떤 부분과 닮아 있기 때문이다. 게임을 시작하면 플레이어는 지형과 등고선 정도가 겨우 표시된 지도 한 장을 달랑 쥐고 모험을 떠나야 하는데 그렇게 막막할 수 없다. 주요 건축물의 위치나 적의 행방도 알려주지 않아서 어디서 무기를 얻어야 하는지 잠은 어디서 자야 하는지 모른 채로 허허벌판을 헤매야 한다. 이 지도는 플레이어가 해당 지역을 방문해야만 활성화되는데, 일단 지도가 활성화되고 나면 모험을 하기가 훨씬 수월해진다. 그뿐만 아니라 이 게임의 진가는 지도가 어느 정도 활성화되고 나서야만 느낄 수 있다. 세계를 충분히 헤매지 않고 중간에 게임을 그만둔 사람(바로 나다)은 영영 알 수 없는 재미가 있다고 김수현이 말했다.

인생도 마찬가지다. 태어나서부터 줄곧 우리나라에서 산 사람도 구석구석 다녀보지 않으면 어디에 좋은 곳이 있는지 어딜 가야 기분 전환이 되는지 잘 모른다. 직접 가서 허허벌판을 헤맨 뒤에야 해당 지역이 활성화되니까.

나에게는 한 도시를 세 번 이상 여행하면 그곳이 어디든지 사랑에 빠지게 될 거란 믿음이 있다. 재미없는 도시는 없다, 내가 잘 모르는 도시가 있을 뿐. 최근에 내 지도에서 활성화된 지역은 춘천이다. 춘천에는 닭갈비랑 남이섬만 있는 줄 알았는데, 자주 찾다 보니 인터넷에 올라온 곳 말고도 좋은 곳이 꽤 많다. 삼팔선이 춘천을 지난다는 사실도 춘천을 다섯 번쯤 여행해보고 나서야 알았다. 그동안 춘천호 드라이브는 자주 했지만 늘 같은 장소를 목적지로 두고 최단 경로로 달렸기 때문에 바로 옆 골목에 있는 삼팔선 휴게소의 존재는 전혀 인지하지 못했다. 세상에는 내비게이션을 끄고 달려야만 닿을 수 있는 장소도 있다.

지난 주말엔 2020년 나의 춘천 지도에 새롭게 업데이트된 마을 '원평리'에 갔다. 가로 방향으론 삼팔선이, 세로 방향으론 북한강이 흐르는 조용한 동네. 마을에 도착해서 아직도 해가 중천에 떠 있음에 안도하고 여름의 멋짐에 대해 이야기하며 이곳에 어울리는 속도로 천천히 걸었다.

"여긴 캠핑장인가 봐! 지금은 영업을 안 하시는 건가? 지도 앱엔 안 뜨네."

"고양이도 있다. 동네 사람들이 잘 해주나 봐. 사람을 안 피해."

타박타박 걷다가 이전에 한 번 갔던 멧돼지 고깃집에서 저녁을 먹기로 했다. 근처에 밥 먹을 만한 곳이 있는지, 영업시간은 언제까지인지 휴대폰을 붙잡고 초조해하지 않아도 될 때. 이곳이 '아는' 동네라는 게 새삼 고마워진다.

집으로 돌아오는 차 안에서 김수현이 말했다. "반나절 나들이인데 꼭 긴 여행을 하고 집으로 돌아가는 기분이야." 내가 답했다. "나도. 엄청 먼 곳에 갔다 온 기분이 들어." 아무래도 일요일 오후 세 시의 나들이를 가성비가 좋지 않다고 평가했던 건 취소해야겠다.

놀 것 다 놀고 먹을 것 다 먹고 그다음에 쓰는 일기•

15년째 일기를 쓴다. 일기를 쓰는 많은 이유 중 하나는 뒀다가 나중에 보면 재밌기 때문이다. 쓰는 당시엔 무슨 이런 유치한 내용을 굳이 남기나 싶은데(주로 오늘 날씨는 어땠고, 뭘 먹었고, 누굴 만났고, 어떤 생각을 했는지에 관해 쓴다) 시간이 조금만 지나도 그 내용이 남의 일처럼 새삼스럽게 느껴지

• 제목은 황인찬 시인의 시집 《사랑을 위한 되풀이》의 2장, '놀 것 다 놀고 먹을 것 다 먹고 그다음에 사랑하는 시'를 패러디했습니다. 외로울 때 황인찬 시인의 사랑 시를 읽는 것은 지나간 일기를 다시 읽는 것만큼이나 이로운 습관입니다.

는 게 신기하다. 기억과 기록의 능력 차가 원래 이렇게 심했었나.

심심하면 예전에 썼던 일기를 꺼내 읽는다. 그러면 시간이 잘 간다. 과거의 나를 귀여워했다가(스무 살의 나는 서른에 죽고 싶다고 했다. 머쓱), 좀처럼 이해하지 못했다가(8년 전 나는 혼자 밥 먹는 걸 창피해했었다), 그 한결같음에 애틋해하기도 한다(15년 전에도 지금도 여전히 불 끄고는 혼자 못 잔다).

참, 지난 일기를 다시 읽으면 현재의 내가 덜 미워진다는 장점도 있다. 어떤 느낌이냐면, 극 중 악역으로 등장하는 캐릭터를 실컷 미워하다가 과거 회상 장면을 보고 슬그머니 연민을 느끼는 것과 비슷하다. '아, 그래서 그랬구나.' 밖에선 안 보이는 나름의 사정을 헤아려보면 스스로에게 너무 모질게 굴었다는 걸 알게 된다. 습관성 자기 혐오자인 나에게 여러모로 이로운 습관이다.

자기 전 일기를 쓰며 하루를 마무리하는 루틴까지 갖췄다면 금상첨화일 텐데. 매년 새해 계획 5번쯤에 '자기 전 일기 쓰기'를 넣다가 몇 년 전에 관뒀다. 단정하고 규칙적인 라이프스타일은 나와 안 맞는다는 걸 이제는 인정했다. 나는 에너지가 남은 채로 하루를 끝내는 인간이 아니다. 일을 하든 술을 마시든 아무튼 무언가를 방전되기 직전까지 하다가 애처럼 곯아떨어지는 타입이다. 당연히 눈이 감기는 와중에 볼펜을 들 만큼 성실하지도 않다.

바라는 게 적을수록 롱런할 확률이 높아지는 법. 일기 생활을 지속하며 꽤 많은 것들과 타협했다. 일단 오늘 일어난 모든 일을 기록하는 걸 포기했다. 낡은 가죽 커버를 씌운 일기장을 어디든 가지고 다니다가(사실 좀 무겁긴 하다) 단 10분이라도 시간이 생기면 펜을 들고 그 순간을 기준으로 쓸 수 있는 걸 쓴다.

아침에 회사 카페에서 커피를 기다리며 쓸 때도 있고, 맥줏집에서 친구를 기다리며 끼적일 때도 있다. 그러다 보면 하루 중 가장 인상적이었던 순간, 누가 봐도 일기에 남을 법한 주요 사건이 빠지기도 한다. 뭔가를 신나게 쓰다가 누가 불러서 뚝 끊기는 일도 생긴다(나중에 다시 이어서 쓰고 싶어도 무슨 이야길 하려고 했던 것인지 거짓말처럼 기억이 안 난다). 애착을 따라가지 못하는 미완의 기록물이 늘 아쉽지만 어쩔 수 없다. 나는 놀 것 다 놀고, 먹을 것 다 먹고 그다음에 일기를 쓰는 사람이니까.

대신 한 달에 한 번씩 보수 공사를 한다. 놀고먹느라 흘려보낸 아까운 기억을 다시 줍는 시간이다. 공사는 테이블에 일기장과 휴대폰을 나란히 놓는 것으로 시작된다. 휴대폰 사진첩에는 놀고먹느라 일기에 담지 못한 인상적인 순간들이 남아 있다. 일기장과 휴대폰 사진첩의 날짜를 1일로 돌려놓고 빈 곳을 메꾸는 과정은 생각보다 재밌어서 두 시간은 거뜬히 집중하게 된다(평소 스스로를 성인 ADHD가 아닐까 자주 의심하는 나에게 집중이란 별일이 아닐 수 없다).

평일의 일기장은 대체로 텅텅 비어 있다. 2020년 2월 3일 월요일 페이지에는 딱 두 문장이 적혀 있다.

특별한 일 없이 회사만 오가는 요즘이다. 아직 날이 추워서 괜히 주눅이 든다.

아마도 출근 직후 커피를 기다리며 쓴 문장인 것 같다.

정말로 이게 다인가 싶어 사진첩의 2월 3일로 간다. 거기서 낮잠 자는 고양이 사진을 발견한다. 그러고 보니 이날 볕이 유독 좋아서 밥을 포기하고 점심 산책을 했던 게 기억난다. 더 넘겨보니 회사 근처 골목을 담은 사진이 여러 장이다. 하마터면 놓칠 뻔했던 찰나의 행복을 얼른 챙겨서 일기장으로 옮긴다.

〔뒷북〕 휴대폰 사진첩을 보고 기억난 이날의 좋은 일.
아침엔 흐렸는데 점심시간쯤 되니 날이 갰다. 마침 배도 별로 안 고픈 김에 한 시간짜리 긴 산책을 하기로. 볕이 좋으니까 익숙한 골목도 괜히 예뻐 보인다. 어디에나 있는 흔한 벤치나 스타벅스 간판 같은 거 공들여 찍고 있으니까 꼭 여행 온 것 같다.

짠. 보수 공사를 통해 쳇바퀴 속의 그저 그랬던 하루가 업그레이드됐다. 이제 2월 3일은 점심시간에 뽀시래기 행복을 주운 귀여운 날로 기억된다.

간혹 주말 이틀이 통째로 비어 있는 경우도 있다. 무기력에 빠져서 침대에 누워 있었을 가능성과, 일기장 펼칠 새도 없이 신나게 놀았을 가능성이 오십 대 오십이다. 그날 사진첩에 저장되어 있는 것이 SNS에서 주운 아기 동물 사진 몇 장뿐이라면 손 까딱할 힘없이 무기력했던 것. 운전하는 김수현 옆얼굴과 물가에서 찍은 사진이 잔뜩 남아 있다면 바람 쐬러 나가서 행복했던 날이다.

일상을 기록하고 그걸 복습하다 보면 나에 대해 자연스럽게 알게 된다. 나는 너무 슬프거나 너무 기쁘면 일기를 안 쓰는 사람이구나. 이런 식으로 나라는 존재가 디테일해지는 게 재밌다. 게임으로 치면 조작법도 모른 채로 같은 자리만 헤매다가, 이제야 뭐가 어떻게 돌아가는지 좀 알게 된 느낌이다. 아무 버튼이나 되는 대로 누르며 언제 몬스터가 나올지 불안해할 때보단 확실히 사는 게 즐거워졌다. 이게 다 일기 덕분이다.

앞으로도 계속 놀 것 다 놀고 먹을 것 다 먹고 그다음에 일기를 쓰는 사람으로 살고 싶다. '나는 누구 여긴 어디'를 외치며 혼란스러워하는 건 할 만큼 했으니. 이젠 자아를 찾아 먼 곳으로 떠나지 않아도 괜찮은 사람이 됐으면 좋겠다. 매일 성실히 일기를 쓰며 그런 삶을 기대한다.

"아름다운 것도 좀 보면서 살자"는 잔소리

-매일 보는 것이 나를 만든다

연말 특유의 분위기를 좋아한다. 온 세상이 크리스마스 장식으로 귀여워지는 것이 좋다. "올해도 고생 많았어, 새해 복 많이 받아." "너도 내년에는 좋은 일만 생기길 바라." 서로의 복을 빌어주는 다소 무책임한 다정함도 좋다. 즐거운 마음으로 연말 모임에 가지고 나갈 작은 선물을 준비하곤 했다. 아껴뒀던 엽서를 꺼내 뻔한 말을 적기도 했다. 매년 같은 이야기. "나랑 친구해줘서 고마워. 내년에도 잘 부탁해." 약속한 것도 아닌데 서로가 서로의 산타가 되어 선물을 주고받는 풍경이 때때로 그립다.

당연하게도 2020년에는 연말 모임이 없었다. 엽서 대신 카카오톡 메시지와 기프티콘을 보내고, 거실 테이블 위에 트리 장식까지 만들어 놓았는데도 영 허전했다. 뭘 해야 연말 분위기가 날까. 궁리하다 사진 정리를 하기로 했다. 1년 동안 찍은 사진을 다시 보면서 한 해를 마무리하는 것도 나름 의미 있는 일이 될 것 같았다. 연말 내내 틀어박혀 만 장이 넘는 사진을 월별로 폴더링했다. 어릴 때 엄마가 방 정리하라고 시키면 서랍 속에 든 물건을 죄다 꺼내 추억 여행하느라 며칠씩 날려먹곤 했는데. 그 버릇 여전한가 싶었다.

그렇게 사진 정리를 한참 하다가 새삼 쓸쓸해졌다. '올해 정말 코로나 빼고는 아무 일도 없었구나.' 집에만 있다 보니 굳이 기록으로 남겨둘 만한 추억이 별로 없었다. 직접 찍은 사진은 한 장도 없고 SNS에서 주운 웃긴 짤 캡처본, 기사에 쓸 참고 이미지가 전부인 날도 꽤 많았다.

새삼 '스마트폰을 너무 많이 보나' 하고 반성했다. 차라리 그 시간에 요가를 하거나 책을 읽었다면 좋을 텐데. 그래서 새해 다짐에 뻔한 항목을 하나 추가했다.

'휴대폰 덜 보고 그 시간에 좋은 거 하기.'

〈대학내일〉 에디터 시절 나의 프로필 소개 글은 이거였다.

"쓰거나 읽지 않을 때는 먹고 마십니다."

이 문장을 생각해놓고 이보다 정확한 표현은 없다며 자화자찬했던 기억이 난다.

눈을 뜨자마자 '볼 것'과 '마실 것'을 동시에 찾는다. 그래서 침대 옆 작은 탁자에 책 여러 권과 물 한 컵을 항상 챙겨두는데, 막상 선택하는 건 (뻔하게도) 휴대폰이다. 평범한 나는 인스타그램으로 세상 돌아가는 이야기를 둘러보며 하루를 시작한다. 가수 오혁 님은 눈 뜨자마자 시를 한 편씩 읽는다던데. 폰 만지고 싶은 욕구를 대체 어떻게 참는지. 비결이 궁금하다.

안 그래도 휴대폰 중독인데 최근에 폰을 붙잡고 살 좋은 핑계가 하나 더 생겼다. 〈캐릿〉이라는 미디어에서 트렌드를 소개하는 일을 맡게 된 것이다. '트렌드 당일 배송'이 콘셉트인 미디어이기 때문에 남들보다 빠르게 유행을 포착

하는 게 주요 업무다. 덕분에 매일 SNS로 두세 시간은 우습게 날려버리면서도 죄책감을 느끼지 않는다. 에디터란 딴짓만 실컷 해놓고도 '나는 지금 업무를 위한 모니터링을 하는 중이야'라고 정신 승리 해버리기 쉬운 직업이다.

인터넷 세계에는 정말 많은 이야기가 있다. 그중 9할은 몰라도 되는 것들. 그야말로 '가십'들이다. 불량 식품을 먹는 기분으로 그것들을 소비한다. '이거 몸에 안 좋을 것 같은데', '먹으면 탈 날 것 같은데' 생각하면서도 관성적으로 페이스북 앱을 누른다. 어떤 이야기는 화학 물질을 넣어 만든 가짜 음식처럼 해롭다. 누군가를 비난하는 악의 가득한 글, 루머, 조롱, 사생활 침해, 기타 등등의 가십들이 두루마리 휴지처럼 줄줄이 등장한다. 경박한 호기심에 손가락을 맡기고 인터넷 세상을 헤매다가 정신을 차릴 때쯤엔 마음은 이미 먼지투성이가 되어 있다. 조금 오버스럽게 표현하자면 영혼 어딘가에 얼룩이 생긴 느낌이 든다.

한 사람의 정서는 환경의 영향을 크게 받는다고 한다. 날씨, 음식, 직장, 학교처럼 일상을 이루는 것이 나를 만드는 셈이다. 그렇다면 내 정서는 무엇으로 만들어져 있을까? 사는 동네만큼이나, 함께 사는 사람만큼이나, 자주 접하는 대상은 바로 '매일 보고 듣고 읽는 것들'이다. 끼니는 걸러도 SNS엔 매일 접속하니까. 그렇다면 요즘의 나의 정서는 가십인 걸까(깊은 한숨).

어쩌면 꿈에서 힌트를 찾을 수도 있겠다. 거의 매일 꿈을 꾼다. 내가 꾸는 꿈은 쓸데없이 투명하고 솔직해서 현실이 있는 그대로 반영되어 있다. 안 풀리는 업무를 끌어안고 끙끙거린 날엔 일하는 꿈을, 동료의 차가운 말투가 마음에 얹힌 날엔 원치 않는 싸움에 휘말리는 꿈을 꾼다. 언젠가는 SNS로 시답잖은 가십을 소비하다 잠들었는데, 꿈속에서도 내가 휴대폰을 쥐고 무기력하게 누워 있어서 질색하며 일어난 적도 있다.

물론 좋은 걸 많이 본 날엔 아름다운 꿈을 꾸기도 한다. 해변에 오래 앉아 있었던 날. 공기가 오렌지색에서 연보라색으로 천천히 바뀌어가는 걸 보며 맥주를 마시다가 방으로 들어가서 눈을 감으니 눈꺼풀 위에 보라색 파도가 일렁거렸다. 그날 꿈에 정말 끝내주는 풍경이 나왔다(그 와중에 직업병처럼 꿈에서도 사진을 찍을 수 있다면 좋을 텐데 하고 생각했다).

건강 상태 자가 진단 항목에 "일주일에 숨이 찰 정도의 운동을 몇 회나 합니까?", "얼마나 자주 술을 마십니까?" 뭐 이런 질문이 있는 것처럼. 나는 마음이 괜찮은지 점검할 때 "최근 일주일간 악몽을 얼마나 자주 꿨습니까?" 하고 묻는다. 주 3회 이상 심난한 꿈을 꾸고, 자다 깨서 다시 잠들지 못하는 날이 잦아졌다면 의사 선생님을 대신해 잔소리를 해야 할 타이밍이다.

"좋은 것도 좀 보면서 사셔야 해요. 우울증이나 무기력증을 키우고 싶으신 건 아니시죠? 휴대폰 내려놓고 음악이라도 들으세요."

어떤 종류의 잔소리나 강박은 내게 좋은 영향을 준다. 예를 하나 들어볼까. 몇 년 전까지만 해도 운동을 해야 한다는 압박을 전혀 받지 않았는데, 주변에 운동을 시작한 친구들이 많아지면서 덩달아 나도 뭐라도 해야 할 것 같은 기분이 되어버렸다. 매일 아침 요가를 하고 일주일에 세 번 피트니스 게임(스쿼트나 플랭크를 해서 요괴를 물리치는 아주 건강한 게임이다)을 하며 땀을 흘리기로 다짐했다. 그 뒤로부터는 운동을 쉬면 죄책감이 든다. 계획을 완벽하게 지키진 못하지만 운동에 대한 다짐이 없었을 때보단 훨씬 더 몸을 자주 움직인다. "벌써 목요일인데 이번 주에 운동을 한 번도 안 했네? 저녁엔 링피트 꼭 해야겠다." 이렇게 벼락치기라도 하니까 적어도 예전보단 건강해졌다.

그러고 보니 이런 잔소리는 해본 적도 들어본 적도 없는 것 같다. "요즘 너무 상스러운 것만 봤어. 아름다운 것도 좀 보면서 살아야지." 자기 자신에게 바라는 게 많은 편이라 건강한 음식 먹기, 영어 공부하기, 돈 아끼기 등 온갖 잔소리를 달고 사는데, 아름다운 걸 챙겨 봐야 한다는 생각을 해본 적은 없다. 유행하는 건 아니지만 나의 정서에 좋은 것. 업무에 도움이 돼서, 나중을 위해 필요해서 쟁여두는 거 말고. 그냥 예뻐서, 귀여워서, 귀가 즐거워서 좋은 단순한 기쁨들도 비타민 챙겨 먹듯 챙겨야 할 때가 됐음을 느낀다.

코미디언 장도연 언니의 유행어처럼 '바쁘다 바빠 현대사회'이지만, 다행히도 생활엔 분명 틈이 생긴다. 캡슐 머신에서 커피가 나오는 틈에 노래를 한 곡 듣고(원래라면 인스타그램 돋보기를 보고 있었을 시간이다), 일하다 말고 창문을 열어 하늘을 본다. 나의 정서가, 나의 글이, 나의 인생이 조금은 더 아름다워졌으면 하는 마음으로 생활의 틈에 좋은 걸 채워 넣는다. "내 인생의 아름다움을 챙기는 사람은 오직 한 사람, 나밖에 없어." 내게 정말 필요한 잔소리를 잊지 않으려고 한다.

우리는 소문을 너무 쉽게 믿는다

몸을 멀리 보내는 여행 대신 마음을 멀리 보내는 여행을 더 자주 하는 요즘이다. 집에서 보내는 시간이 감당할 수 없을 만큼 길어져서 평소보다 책을 많이 읽는다.

최근에 읽은 에쿠니 가오리 에세이집 《한동안 머물다 밖으로 나가고 싶다》에는 '찾아가는 동네'라는 개념이 나온다. 좋아하는 레스토랑을 소개하며 그 언니는 이렇게 말한다. 내가 사는 동네에 있었다면 매일 갔을 곳이지만 안타깝게도 다른 동네에 있는 곳이라고. 그래서 오직 그 레스토랑을 위해서 그 지역을 방문하게 됐고, 그 동네는 자연스럽게 '찾아가는 동네'가 됐다고 한다.

에쿠니 가오리가 찾아가는 동네를 유독 애틋하게 여기는 이유는, 거기선 '좋은 일'만 일어나기 때문이다. 구구절절한 사연 없이 가볍게 걷고 맛있는 음식을 먹는 일이 그 동네에서 일어나는 사건의 전부다.

그런 동네에는 좋은 것밖에 없다. 아름다운 것, 즐거운 것, 맛있는 것, 유쾌한 시간, 좋은 사람들.
사는 동네와 일하는 동네, 또는 자신이 태어나고 자란 동네와는 그 점이 결정적으로 다르다. 좋은 것만 있는 동네, 즐거운 일만 있는 동네, 신나고, 북적북적하고, 그리고 한껏 웃을 수 있다. 그렇게 놀라운 동네가 '찾아가는 동네'다.

나에게도 찾아가는 동네가 몇 곳 있다. 제주 남쪽의 ㅂ마을은 계절이 바뀔 때마다 찾아가는 동네 중 하나다. 좋아하는 가게는 아직 없고 대신 좋아하는 해변이 있다. 그 마을에 갈 때마다 마음 붙일 만한 가게가 생겼으면 하고 내심 바랐다. 아직 사귀는 사이도 아닌데 결혼 생각부터 먼저 하는 애송이처럼. 숙소를 고를 때도 술집에 갈 때도 단골이 될 것을 상상하며 필요 이상으로 신중하게 굴었다. 기대가 너무 컸던 탓일까. 들이는 공에 비해 다음번에 또 찾아가고 싶을 만큼 마음에 드는 곳을 좀처럼 발견하지 못했다.

몇 해 전 겨울에도 나는 제주도에 갔었다. 그 여행의 동행은 친구 디디였다. 모처럼 함께하는 여행이니 내가 좋아하는 동네를 소개해주고 싶었고 당연히 ㅂ마을에도 며칠 머물렀다. 그리고 언제나처럼 신중하게, 단골이 될지도 모른다는 마음으로 시간을 보낼 장소를 골랐다.

"디디야 봐봐. 후보가 두 개야. 1번은 가게가 조금 작은 대신에 선곡 센스가 좋대. 리뷰 봤는데 음식도 우리가 좋아하는 스타일인 듯. 약간 술 맛 나는 안주들이야. 2번 가게는 1번보다 넓고 안주도 무난한 편. 대신 오래 앉아 있어도 눈치 안 보이고 편할 것 같긴 해. 여긴 인테리어가 우리 취향이야."

우리는 사뭇 진지한 회의(?) 끝에 1번 가게를 선택했다. 메뉴판을 받아 안주를 고르고 있는데 사장님이 물었다.

"여긴 어떻게 알고 왔어요? 인터넷에 잘 안 나올 텐데."

남의 동네에 단골 술집을 만들기 위해 인터넷을 이 잡듯이 뒤졌다고 말하긴 좀 그래서 나는 어색하게 웃었다.

"한겨울에 코트 입고 카메라 주렁주렁 메고 있어서. 누가 봐도 관광객 같길래 물어봤어요. 일단 이거 먼저 먹고 있어요."

그는 전형적인 츤데레 타입의 주인이었다. 일단 안주 주문부터 쉽지 않았다. 우리가 고른 메뉴마다 '오늘은 안 되는 메뉴'였고, 그럼 뭐가 되냐고 물었더니 알아서 줄 테니 기다리라는 답이 돌아왔다. 그리고 기다림 끝에 받은 안주는 실제로 아주 맛있었다.

우리는 ㅂ마을에 머무는 내내 저녁마다 그 가게에 갔다. '먹고 싶은 메뉴가 품절이라 어쩔 수 없이 시켰는데 의외로 맛있는 음식' 같은 묘한 매력이 있는 곳이었다. 일반적으로 기대하는 친절함과는 거리가 멀었지만 의외의 다정함이 깃들어 있었다. 이를테면 물 많이 마시면 맥주 맛 없어진다고 물을 안 주려고 한다든가. 지금 남아 있는 재료는 어머니 가져다 드려야 한다면서 메뉴판에 있는 메뉴는 안 팔고, 자기가 먹을 저녁 식사를 나누어 준다든가.

디디와 나는 한 자리에서 쭉 술을 마시는 타입이다. 일차, 이차 자리 옮겨 다닐 시간에 한 잔이라도 더 마시는 게 남는(대체 무엇이!) 거라고 믿는 사람들이다. 우리는 누구보다 오래 가게에 머무르면서 가게를 오가는 사람들을 구경했다. 독특한 분위기 탓인지 우리 같은 뜨내기손님보단 동네 주민, 단골손님이 많았다.

그리고 마지막 밤, 바 테이블에 앉아 있던 우린 평소보다 이르게 취했다. 정신을 차려보니 디디가 옆자리 단골손님 안주를 집어먹고 있었다. 내가 기겁을 하며 말리자 한껏 신난 디디가 말했다.

"우니야. 저분이 이거 먹어도 된다고 했어. 너도 먹어봐. 저기요, 이게 쥐포가 아니라 뭐라고 하셨죠? 아무튼 진짜 맛있어."

믿을 수 없다는 표정으로 안주 주인을 쳐다봤더니, 어쩔 수 없다는 듯 어깨를 으쓱거리며 웃어 보였다. '먹을 거 나누어 주는 사람=친구'라는 국룰에 따라 우린 친구가 됐다. 술값도 나누어 내면 낫다며 안주도 양껏 먹고 술도 실컷 마셨다.

다음 날 아침. 이럴 거면 날 죽여달라고 아우성치는 위장에 칼국수 국물을 밀어 넣으며 지난밤 일을 복기해봤다.

"우니야, 나 여덟 시 이후로 기억이 드문드문해. 뭐 실수한 건 없었나?"

"응. 별거 없었어. 옆에 앉은 사람 안주를 좀 많이 뺏어먹긴 했는데. 우리 안주도 많이 나눠줘서 괜찮아. 나도 마지막엔 좀 취해서. 기억이 가물가물해."

뜨겁고 얼큰한 국물이 들어가자 온몸을 지배하던 술기운이 옅어지는 게 느껴졌다. 그와 함께 사라졌던 기억도 조금씩 돌아왔다. 칼국수에 면보다 바지락이 더 많이 들어 있어서 먹어도 먹어도 줄지 않았고, 이걸 다 먹어야 하나 남겨야 하나 고민할 때쯤 디디가 다시 물었다.

"우니야, 기억나? 어제 그 술집 말고 우리가 갈까 말까 고민했던 2번 가게 있잖아. 거기 소문이 좀 안 좋대. 동네 사람들은 거기 안 간다고 하더라고."

"맞아! 그래서 거기 안 가고 여기로 오길 잘했다고. 다행이라고 그랬잖아. 근데 2번 가게가 왜 별로라고 했었지?

이유가 기억이 안 나네."

"정확한 이유를 알려주진 않았어. 분위기상 뭔가 심각한 얘기 같았는데."

한참 동안 소문의 정체를 추측해봤지만 아무리 애를 써도 그 이유라는 걸 짐작할 수 없었다. 하지만 우리는 술에 취한 채로 들은 근거 없는 소문을 굳게 믿었다. "이유 없이 안 좋은 소문이 나진 않았겠지. 다음에 여기 오면 가보려고 했는데. 아쉽다." 그렇게 가본 적도 없는 2번 가게는 찜찜한 이미지로 기억에 남았다.

• • •

오해가 풀린 건 몇 달 전 여름 휴가차 ㅂ마을에 다시 갔을 때였다. 이번 여행의 짝꿍은 직장 동료 몽미였다. 나는 이번에도 마찬가지로 신중하게, 단골이 될지도 모른다는 생각으로 가보고 싶은 가게 리스트를 만들었다.

"몽미, 우리 오늘 저녁엔 어디에 가볼까요? 제가 후보를 몇 개 추려오긴 했는데…."

몽미가 고른 가게는 지난겨울 찜찜한 이미지를 남겼던 2번 술집이었다. 나는 '사실 이 가게에 관해 안 좋은 소문을 들었다'고 말하려다 그만뒀다. 몽미는 좋은 사람이었고 그에게 잘 알지도 못하는 이야기를 떠벌리는 구린 놈처럼 비춰질까 걱정됐기 때문이다. '일단 가보고 진짜 별로면 일차만 하고 나오면 되지 뭐' 하는 생각으로 2번 술집에 가보기로 했다. 그리고 자리에 앉은 지 10분이 채 되기 전에 이곳은 좋은 술집이라는 확신이 왔다. 너무 크지도 작지도 않은 적당한 볼륨의 음악이 흐르고 있었고, 화장실에선 향긋한 냄새가 났으며, 테이블 간격이 널찍해서 옆자리에 누가 앉았는지 신경 쓸 필요가 없었다. 집 앞에 있으면 매일 찾아가고 싶은, 평범한 것 같지만 막상 찾으면 없는 귀한 술집이었다.

"죄송한데 메뉴가 일찍 소진돼서 스테이크랑 명란 구이가 안 돼요. 되는 메뉴 추천해드릴까요? 스테이크 드시고 싶으시면 남은 고기 조금 구워서 드릴 수는 있어요."

우리는 완벽한 접객에 감동해 안주를 두 개나 시켰다. 근거 없는 소문만 듣고 오해했던 게 미안해서 와인 한 병까지 추가 주문했다.

'여기 되게 좋은데 왜 그런 소문이 났지?' 하며 속으로 생각하느라 몽미가 하는 말을 몇 번이나 놓쳤다. 그리고 몽미가 잠시 자리를 비운 사이, 1번 술집에서 만났던 사람과 인스타 친구를 맺었던 일을 기억해냈다. 나는 호기심을 참지 못하고 그에게 DM을 보냈다.

"안녕! 오랜만이야. 나 기억하려나? 겨울에 내 친구가 네 안주 뺏어 먹다가 친구 됐었는데. 궁금한 게 있어서 연락했어. 그때 말했던 2번 술집 말이야. 소문이 안 좋다고 했잖아. 근데 그 소문이 정확히 뭐였지?"

• • •

"그 소문이 얼마나 어이없는 거였는지 알면, 디디 너도 웃을걸? 2번 술집 사장님이 여자들한테만 친절하다는 거야. 서비스도 여자 손님들한테만 준대. 나참. 그게 뭐 별거라고. 난 또 2번 가게에서 대단한 잘못이라도 한 줄 알았잖아."

다음 날 서울에 있는 디디에게 전화를 걸어 유치한 소문의 전말을 일러바쳤다.

"그런 줄도 모르고 우리는 뭔가 심각한 일이 있는 줄 알았잖아."

"그니까! 까놓고 말하면 서비스 안주 못 받아서 삐진 거잖아."

한참을 낄낄거리다 문득 그런 뜬소문을 밑도 끝도 없이 믿어버린 나 자신도 만만치 않게 후지다는 생각이 들어 수치심이 밀려왔다.

"디디야, 나 이제 해장하고 숙소 체크아웃 준비해야겠다. 이따가 전화할게."

나는 그날 해장을 하지 않았고 디디에게 다시 전화를 걸지도 않았다.

• • •

요즘 책을 많이 읽는다는 이야기로 글을 시작했지만, 사실 내가 책보다 더 자주 보는 건 페이스북에 떠도는 클립 영상이다. 어렸을 때 엄마가 텔레비전은 바보상자라고 멀리해야 된다고 하길래 독립하면서 아예 없애버렸는데, 텔레비전보다 훨씬 작지만 열 배는 강력한 바보상자인 스마트폰은 차마 없애지 못하고 있다. 흐린 눈으로 끊임없이 자동 재생되는 영상을 보는 중에, 얼굴도 이름도 생소한 스트리머가 등장해 이렇게 말했다.

"왜 안 속았냐고요? 저는 제 눈으로 직접 본 것만 믿어요. 눈 뜨면 코 베가는 세상입니다. 여러분. 정신 차리셔야 해요."

그 말을 듣자 갑자기 지난여름 느꼈던 수치심이 되살아났다. 앞으로 소문에 휩쓸릴 위기에 처하면 이 수치심도 함께 떠오르겠지. 적어도 아무 소문이나 믿는 바보는 안 되겠지. 이제라도 알았으니 다행이다.

2

기왕이면 아름다운 말로
인생을 기억하면 좋잖아요

고만고만한 사건들을 겪으며 살아왔고 앞으로도 비슷한 일들이 반복되겠지만, 내가 내 인생을 어떻게 묘사하느냐에 따라서 인생의 장르가 바뀔 수도 있다고 믿는다. 기왕이면 성의 없는 감탄사 말고, 비속어나 유행어 말고, 아름다운 말로 인생을 기억하고 싶다.

○
○
○

오늘도 나는 단어 냉장고를 성실히 채운다

나에게 냉장고가 두 개 있다. 하나는 부엌 한가운데 놓여 있는 짙은 회색의 양문형 냉장고. 집에 비해 덩치가 좀 큰 편이다. 다른 하나는 글 쓰는 일을 시작한 이후로 쭉 써온 메모 앱 에버노트 안에 들어 있다. 음식을 넣는 용도는 당연히 아니고, 책을 읽거나 대화를 하면서 보고 들은 신선한 단어들을 '단어 냉장고'라는 폴더에 모으고 있다. 단어는 식재료와는 달리 쉽게 상하거나 무르지 않아서, 특별한 노력 없이 차곡차곡 쌓아두기만 하면 된다. 냉장고라 이름 붙이긴 했지만 정확히 말하면 식재료보다는 예쁜 소품을 모으는 마음과 더 비슷할 것이다.

내가 단어 냉장고를 만들고, 여기저기서 신선한 단어들을 채집해 그곳을 채우기 시작한 데에는 아래 세 가지 사건이 큰 영향을 줬다.

1

○ ○ ○

백 선생님의 만능 소스 버금가는 만능 단어 '쩐다'

"쩐다"라는 말이 있다. 대단하다, 멋지다(혹은 짱이다)라는 뜻으로, 과거 염전이 많았던 지역 특성이 묻어난 인천 사투리란 소문이 있었다. 그 소문이 진실인지 아닌지 모르겠으나 어쨌든 90년대 인천 어린이들은 '쩐다'라는 말을 정말 많이 쓰긴 했다.

대부분의 유행어가 그러하듯 우리는 본래 의미에서 훨씬 더 확장된 의미로 '쩐다'를 사용했는데, 웬만한 대화는 "쩐다" 한 마디로 가능할 정도였다.

어제 인기가요 봄? 2PM 쩔었음.

(가수 2PM 인기가요 무대가 멋있었다는 뜻)

너희 엄마 쩐다. 인기가요 봐도 뭐라고 안 함?

(수험생의 자유시간을 존중해주는 엄마를 뒀다니 부럽다는 뜻)

와 우리 오늘 쩔었다.

(오늘 정말 재미있게 놀았다는 뜻)

언젠가 남동생이랑 신나게 수다를 떨고 있는데, 옆에서 우리 이야길 가만 듣던 엄마가 말했다.

"야 너희는 쩐다 없으면 대화가 안 되냐?"

예나 지금이나 엄마는 아닌 척하면서 정곡을 잘 찌른다. 아닌 게 아니라, '쩐다' 같은 만능 단어의 단점은 언어 능력을 퇴화시킨다는 것이다. 상황에 적합한 단어를 고심해 고를 필요 없이 '쩐다'라고 뱉으면 대충 의미는 통하니까. 무언가에 관해 설명하거나 내 기분을 표현함에 있어서 게을러진다.

삼십 대가 된 지금은 '쩐다'라는 표현은 쓰지 않지만, 좋다는 의미를 대충 뭉뚱그린 감탄사를 여전히 자주 사용한다. 요즘은 미쳤다, 돌았다, 찢었다(!) 3종 세트를 애용 중이다.

하늘이 예쁘면, “오늘 하늘 미쳤다.”

마파두부 덮밥이 맛있어도 “이 집 마파두부 돌았다.”

좋아하는 뮤지션이 새 앨범을 냈을 때도 “넉살 이번 앨범 진짜 찢었다!”

백종원 선생님의 만능 소스는 어떤 요리에 넣어도 기본 이상을 만들어주는 기특한 아이템이지만, 만능 소스로 맛을 낸 요리는 어쩐지 내 요리 같지가 않다. 손맛이 안 난달까. 멋이 없달까. 만능 단어를 사용해 대화하는 일도 마찬가지다. 만능 단어를 쓰면 대충 뜻은 전달할 수 있지만 감동이 없다. 감탄사를 남발하는 내 모습은 어디선가 물려받은 패딩 점퍼를 아무렇게나 걸쳐 입은 중학생 같다. 보온 기능만 겨우 하는 못생긴 패딩 점퍼. 편하지만 멋은 없는 그런 옷을 뭐가 좋다고 매일 입고 다녔는지.

2

○ ○ ○

너는 글 쓴다는 애가 묘사를 왜 이렇게 못하니

모든 설명을 감탄사로 퉁 치는 나쁜 버릇은 기어코 나를 곤란에 빠뜨리는데, 때는 몇 년 전 회사에서 제주 특집호 잡지를 만들던 여름이었다. 참고로 나는 1년에 15일, 휴가로 주어진 시간을 모두 제주에 쏟을 만큼 그 섬을 애틋하게 여긴다. 그렇기에 제주 특집호에 실릴 글은 누구보다 잘 써내고 싶었다.

그러나 안타깝게도 내게는 아름다운 제주를 담아낼 단어가 없었다. 당시 나의 단어 냉장고에 들어 있던 건 저급한 감탄사 몇 개와 유치한 형용사, 뻔하고 부실한 비유가 전부였다. 최고다. 짱이다. 나만 알고 싶은 장소다. 꿈결처럼 아름답다. 뭐 이런 식의.

아침 햇살 받아 에메랄드빛으로 반짝이는 바다를 뭐라고 묘사해야 할까. 구름이 섞인 하늘의 오묘한 빛깔을 어떻게 설명하지? 너는 글 쓴다는 애가 묘사를 왜 이렇게 못하니! 막막한 마음에 문장을 썼다가 지웠다가 난리를 피우던 마감 주간이 아직도 생생하게 기억난다. 그렇게 몇 날 밤을 지새우고 불만족스러운 채로 원고를 넘기던 순간의 수치스러움까지도.

3 ○○○

낯선 단어를 쓰는 비범한 사람이 되고 싶어

여행을 하다 보면 시인은 아니지만 시인처럼 말하는 사람들을 종종 만난다. 내가 찾는 여행지엔 근사한 풍경이 있고 우연히 만난 거리의 시인들(!)은 아름다운 동시에 낯선 단어들로 그 공간을 묘사한다.

거리의 시인하니 강원도의 한 숙소에서 만난 남학생이 기억난다. 버스 정류장까지는 30분 이상 걸어서 나가야 하고, 주변에 식당은커녕 슈퍼도 없는 외진 곳에 있는 숙소였다. 조식이 제공되지 않는 대신 사장님이 차로 근처 식당에 데려다주는 서비스가 있었다. 마침 그날 숙소에 묵었던 숙박객 모두 뚜벅이 여행자였으므로 다들 흔쾌히 사장님을 따라나섰다. 밀폐된 공간에 서로를 잘 모르는 사람들끼리 다닥다닥 붙어 앉아 있으려니(사장님의 낡은 승합차 정원보다 태워야 하는 사람이 많았다) 꽤나 민망했고, 어색함을 감추기 위해 우리는 창밖 풍경 이야기를 시작했다. "강원도는 어디를 가든 산이네요.", "겨울 산도 멋있네요. 볼품없을 줄 알았는데." 고만고만한 감상을 나누는데 맨 뒷자리에 앉아 있던, 그날의 막내였던 남학생이 덧붙였다.

"그러게요. 꼭 늑대가 엎드려 있는 것 같아요. 저기가 등이고 여긴 꼬리."

그 말을 듣고 보니 앙상한 겨울나무 가지들이 꼭 늑대의 털 같았다. 사람들이 "어떻게 그런 표현을 생각해냈냐"며 감탄하는 사이 나는 속으로 괜한 자격지심을 삼켜야 했다. 예술하는 친구인가? 글은 저런 사람이 써야 하는데. 나는 왜 저런 생각을 못하지?

늑대 이야기를 한 뒤로는 그 친구가 하는 모든 행동이 괜히 비범해 보였다. 입대를 앞두고 7번 국도를 걷고 있다고 했었는데, 여행은 무사히 마쳤으려나. 그게 벌써 10년 전 일이라 그 친구의 이름이나 얼굴은 기억나지 않는다. 하지만 여전히 겨울 산을 보면 '꼭 늑대가 엎드려 있는 것 같다'고 생각한다.

• • •

오늘도 나는 단어 냉장고를 성실히 채운다. 좋아하는 작가의 시집을 읽으며 내가 평소에 쓰지 않는 낯선 단어와 표현을 부지런히 줍는다. 그리고 글을 쓰거나 이야기를 할 때 사전을 찾듯 단어 냉장고를 열어본다. 여름이라는 단어를 검색하면 그동안 모아둔 여름에 관한 표현들이 쭉 뜬다. 그것들을 보면서 나의 순간을 설명할 가장 적절한 표현을 새롭게 만든다. 단어 냉장고가 생긴 뒤로 나는 글을 조금 더 신중하게 쓰는 사람이 됐다. 뻔하거나 유치한 비유 말고 신선하지만 정확한 단어로 내가 좋아하는 것들을 묘사하기 위해 노력한다.

몇 년 전 세계 거장들의 문체를 흉내 내어 자신이 겪은 일에 대해 말하는 놀이가 SNS에서 잠시 유행했다. 이를테면 '하루키 문체로 쓰는 오늘 면접 망한 썰' 같은 식이었다. 같은 사건이라도 어떤 단어와 표현을 사용하여 묘사하느냐에 따라서 전혀 다른 상황처럼 느껴지는 게 재밌었다. 가끔 나도 비슷한 놀이를 연습하곤 한다. 내가 너무 초라하게 느껴질 때는 나를 소설 속 등장인물이라고 생각한다. 황정은 작가님이 나의 오늘을 묘사한다면 어떤 표현을 쓰실까. 그라면 '일하기 싫어 죽겠다', '피곤에 쩔었다' 같은 표현으로 게으르게 묘사하진 않을 것이다. 그런 연습을 하다 보면 평범한 하루가 새삼 애틋하게 느껴지고, 잊기 전에 기록으로 남기고 싶어진다.

고만고만한 사건들을 겪으며 살아왔고 앞으로도 비슷한 일들이 반복되겠지만, 내가 내 인생을 어떻게 묘사하느냐에 따라서 인생의 장르가 바뀔 수도 있다고 믿는다. 기왕이면 성의 없는 감탄사 말고, 비속어나 유행어 말고, 아름다운 말로 인생을 기억하고 싶다.

아무도
알아주지 않는
일을 열심히
하는 사람

여의도에 볼일이 있어 오랜만에 5호선을 타고 출근했다. 정해진 시간에 정해진 곳으로 가야 하는 직장인들이 서로의 숨이 닿을 만큼 가까이 서 있었다. 속으로 '이러다 큰일 날 텐데'라고 열 번쯤 궁시렁거렸을까. 세 개의 호선이 겹치는 환승역에서 한 무리의 사람들이 우르르 내렸다. 겨우 자리에 앉아 숨을 고르는데 내내 흘려들었던 하차 안내 방송이 귀에 꽂혔다.

"…여러분 좋은 하루가 모여서 좋은 인생이 됩니다. 오늘

하루도 좋아하는 일하시면서 보내시길 바랍니다. 지금 정차한 역은 서대문, 서대문역입니다. 내리실 문은 왼쪽입니다."

따뜻하신 분이네. 듣고 있던 음악의 볼륨을 조금 낮췄다. 한 곡이 채 끝나기도 전에 다음 역에 도착했고 이번에도 기관사님은 하차 안내 방송과 함께 토씨가 약간 달라진 덕담을 전했다. 아마 내가 이 열차의 특별함을 눈치채기 전부터, 아니 내가 이 열차에 타기 전부터 이런 방송을 계속해오신 거겠지. 출근 전 승객들에게 전할 좋은 말을 고르는 기관사님을 상상하니 술에 취한 것처럼 마음이 스르륵 풀어졌다. 무용한 것, 당장의 이익을 가져다주지 않는 것에 진심인 사람들에게 나는 예전부터 약했다.

달뜬 기분을 혼자 감당하기 어려워 친구들에게 메시지를 보냈다. 마침 주말에 본 드라마 이야기로 대화가 활발히 오가고 있었다.

"얘들아 훈훈한 얘기 하나 해도 돼? 나 지금 지하철 타고 출근 중인데 기관사님이 문 열릴 때마다 덕담을 해주신다? 방금은 '행복해지는 법은 간단합니다. 하기 싫은 걸 줄이고, 하고 싶은 일을 많이 하면 됩니다'라고 해주심."

친구들은 내 옆자리에 타고 있는 것처럼 금방 이야기에 몰입해주었다(늘 비슷한 포인트에서 감동하는 걸 보면 이러니 우리가 친구지 싶다). 지아가 우리끼리 감동하지 말고 기관사님에게 메시지를 보내자고 했다. 자기가 겪어보니까 별것 아닌 것 같아도 아침에 감사 인사 한마디 받으면 그렇게 힘이 된다고. 지하철 민원 신고 넣는 번호가 있으니 거기다 문자를 보내면 되지 않겠냐고 다들 앞다투어 아이디어를 냈다. 이런 문자를 한 번도 보내 본 적이 없어서 주춤했지만 내릴 역이 가까워지고 있었으므로 용기를 내서 메시지를 썼다.

"기관사님 지금 열차 타고 있는 승객입니다. 좋은 말씀 전해주셔서 월요일 아침 기분 좋게 시작했습니다. 오늘도 좋아하는 것들로 가득! 채운 하루가 되시기를. 늘 건강하세요."

"답장이 오진 않겠지?"

"아무래도 운전 중이시니까. 근무 끝나고 기메(고등학교 친구들은 날 이렇게 부른다)가 보낸 문자 보고 웃으셨으면 좋겠다."

종알거리며 훈훈한 사건의 여운을 즐기고 있는데 답장이 왔다.

"고객님 시간 내어 격려의 말씀 전해주셔서 진심으로 감사합니다. 혹 몇 호선 어느 열차인지 이야기해주실 수 있으신지요. 파악하여 부서로 전달하려고 합니다. 옆 칸으로 이동하는 통로 문 위에 칸 번호가 있습니다. 현재 도착역과 가는 방향도 말씀 부탁드립니다."

중앙 콜센터에서 온 문자였다. 그러고 보니 문자가 기관사님에게 바로 연결될 리가 없었다. 민망함을 담아 열차 정보를 보내니, 기관사님께 꼭 전달하겠다는 답장이 다시 왔다. 하루에 몇백 건 이상의 민원을 처리하는 사람이, 특별한 목적도 긴급한 용무도 없는 메시지에 진심으로 답해줬다는 데에 우리는 다시 한 번 감동했다.

"서울메트로 직원들 승객들한테 진심이네."

"훈훈 터진다. 저런 분들은 회사에서 휴가라도 더 줘야 하는 거 아니야?"

"주겠냐. 진심이라고 돈을 더 벌 수 있는 것도 아닌데."

시키지도 않은 일을 열심히 하는 사람을 볼 때 우리는 "○○에 진심이다"라고 말한다. 앞서 이야기했지만 나는 쓸데없는 데 진심을 다하는 사람을 아주 좋아한다. 누가 알아주지 않아도 그들은 늘 한결 같다.

맥주에 진심인 동네 양조장 사장님은 한 치의 타협 없는 맥주만 만들어 파신다. 그렇게 열심히 만든 맥주니 좀 비싸게 팔아도 좋으련만. 더 많은 사람이 맛있는 맥주를 마시길 바란다며 터무니없이 저렴한 가격에 판매하신다.

고객의 헤어스타일에 진심인 나의 단골 미용실 실장님은 불필요한 시술은 절대로 해주지 않는다. "저 파마 할 때 된 것 같아요" 하고 찾아가도 본인 판단에 때가 되지 않았으면 다시 돌려보내신다. 그냥 해달라는 대로 해주고 돈을 벌 수도 있었을 텐데. 그 고집스러운 태도에 믿음이 가서 5년째 그 미용실만 간다.

삶에 진심인 사람들을 이렇게나 좋아하면서 정작 나는 무언가에 진심이었던 과거를 자주 후회한다. 어차피 누가 알아주지도 않는 거 열심히 하지 말걸. 괜히 진심으로 매달려서 상처만 받았네. 다음번엔 대충해야지. 멋없는 다짐을 할 때도 있다.

그렇게 내가 텅 빈 인간이 되려 할 때마다 진심으로 가득 찬 사람들이 별똥별처럼 나타난다. 밤의 캄캄함을 믿고 꼬질꼬질한 마음으로 글을 쓰던 나는 그 밝고 근사한 빛 앞에서 한없이 부끄러워진다. 뒤늦게 화장실로 달려가서 깨끗이 씻고 깨끗한 옷으로 갈아입은 뒤, 그제야 떳떳한 기분으로 키보드를 두드린다. 다른 건 몰라도 내가 쓰는 글엔 진심인 사람이 되어야지. 다짐하는 밤이다. 비구름이 달을 가려버렸으나 별똥별이 있어 밝은 밤이다.

하루를 관장하는 신, 작은 친절과 작은 불친절

아는 언니 집에 갔을 때의 일이다. 문을 열자 솜뭉치 같은 개가 발치로 달려들었다. 꼬리를 흔들고 다가오는 것으로 보아 나를 반기나 싶었는데, 자꾸 언니 뒤로 숨는 것을 보면 낯선 사람을 무서워하는 것도 같았다. 몸을 부볐다가 갑자기 왕 짖기도 하고. 오락가락하는 솜뭉치 앞에 어정쩡하게 서 있었더니 언니가 말했다. "사람을 엄청 좋아하는데 겁이 좀 많아." 아, 나 같은 거구나. 단박에 개 캐릭터를 이해할 수 있었다.

사람을 좋아하지만, 가끔 누군가를 만나는 것 자체가

두렵기도 하다. 방어력이 낮은 인간이라 그런가. 외부의 영향을 지나치게 많이 받는 편이다. 좋은 점은 작은 호의에도 쉽게 행복해진다는 거. 다정한 마음에 닿으면 그 크기에 상관없이 기분이 들뜬다. 상대가 웃으며 인사를 받아줬다거나, 누가 빈 잔에 물을 채워줬다거나.

하지만 그건 어디까지나 운이 좋은 날의 이야기일 뿐. 반대로 말하면 작은 불친절을 만났을 때 쉽게 무너진다는 뜻이기도 했다. 택시 잡다가 승차 거부를 당하는 동시에 욕까지 먹었던 날엔 하루 종일 그 일을 곱씹으며 가라앉았다. 살다 보니 별일이 다 있다치고 넘어갈 수도 있을 텐데. 엄마는 이런 날 두고 "세상 참 피곤하게 사는 년"이라고 했다.

그래서 될 수 있으면 예쁘게 말하려고 노력한다. 착해서가 아니라, 엄마 말대로 '세상 피곤하게 사는 년'이라서. 말 한마디, 사소한 제스처 하나가 누군가의 하루를 망칠 수도 있다는 걸 잘 아니까. 버스에 탈 때는 기사님에게 소리 내서 인사하고, 밥 먹고 나오면서 "맛있게 잘 먹었습니다" 한마디씩 덧붙인다. 딱히 어렵지는 않은데, 하는 나도 듣는 상대방도 기분이 좋아지는 일이라 괜히 뿌듯하다.

언젠가는 카페에 갔는데, 주문이 밀려 20분 이상 기다려야 한다고 했다. "저희 점심시간이 곧 끝나서 다음에 다시 올게요~" 하고 돌아서는 내게 같이 있던 동료가 말했다. "보통 주문이 밀렸다고 하면 그냥 뒤돌아서 나오는데. 일일이 친절하게 답해주시네요." 왠지 부끄러워 말을 더듬었다. "아, 그건 제가 착해서 그런 게 아니라…."

솔직히 말하면 내 인성에 자신이 없다. 그래서 좋은 사람 혹은 착한 사람이라는 말을 들으면 괜히 혼자 찔려 한다. 평소엔 친절하지만 나에게 해가 될 것 같은 일 앞에선 순식간에 인색해지는 사람이 나다. 그나마 유지하던 친절함도 컨디션이 안 좋으면 파업 선언을 하고 놓아버린다. 내가 편할 때만 베푸는 조건부 친절이 무슨 의미일까. 그러면서 '나는 친절한 사람이다' 뿌듯해하는 건 일종의 기만이 아닐까. 갑자기 앞으로 어떤 태도로 살아야 할지 혼란스러워졌다.

한동안 '친절함'이라는 정체성에 대해 매일 고민했다. 하루는 묵묵히 내 이야기를 들어주던 김수현이 조심스레 말했다.

"그래서 천사 같은 사람이 되고 싶어? 너한테 나쁘게 해도 웃어주고? 컨디션이 안 좋아도 억지로 상대방에 맞춰주고?"

"아니. 호구가 되고 싶은 건 아닌데."

"그럼 어떤 사람이 되고 싶은데?"

"다정하고 따뜻한 사람?"

"그냥 지금처럼 하면 되겠네. 너무 무리하지 마."

대화를 마치고, 잊어버렸던 비밀번호 마지막 한 자리를 맞춘 듯 머릿속이 명쾌해졌다. 다정하고 따뜻한 사람이 되고 싶은 것이지, 호구가 되고 싶은 것은 아니니 무리하지 말고 지금처럼. 할 수 있는 만큼만 친절하게. 간혹 친절함을 유지하지 못하더라도 크게 마음 쓰지 말기. 천사가 되고 싶은 건 아니니까.

그러고 보니 내가 정말 좋아하는 웹툰 〈어쿠스틱 라이프〉에도 비슷한 에피소드가 나온다. 우연히 후배에게 '천사 같다'는 말을 들은 난다(주인공)는 왠지 들떠서 혼자 먹으려고 준비한 과자를 모두에게 하나씩 나눠준다. 그러고는 텅 빈 상자를 보며 자책한다. "역시 착한 일은 나에게 어울리지 않아." 그렇지만 사실 난다에게는 나름의 자부심이 있다. 손해 보지 않는 선에서는 자신 있게 착한 사람이라는 것. 그는 가방 문이 열린 사람을 보면 쫓아가서 말해주고, 전단지 아르바이트를 하는 아주머니의 빠른 퇴근을 위해 불필요한 전단지도 받아주는 착한 사람이다.

어쩌면 다들 딱 이만큼씩만 착하게 살아도 세상은 좀 더 살 만한 곳이 될지도 모르겠다. 좋았어! 앞으로 내 목표는 '손해 보지 않는 선에서 자신 있게 친절한 사람'이다.

잘 살고 싶다는 다짐이 라이프스타일이야

딱히 할 말은 없지만 상대와 계속 함께 있고 싶을 때, 나는 어느 계절을 제일 좋아하냐고 묻는다. 사실 그 사람이 어떤 계절을 택하든 상관없다. 그저 이대로 헤어지기 아쉬웠을 뿐이므로.

사람은 바뀌어도 대화는 늘 비슷하게 흐른다. 대부분의 한국 사람은 봄 아니면 가을을 좋아하니까. "사람은 자기가 태어난 계절을 자연스럽게 좋아하게 된대요.", "그러고 보니 겨울보단 여름이 좋네요." 뭐 이런 식의 영양가 없는 이야기를 주고받다 헤어지곤 했다. 그리고 모두가 그 순간을 잊었다.

딱 한 사람 "저는 좋아하는 계절이 없어요. 다 싫어요"라고 답한 사람이 있었다. 더우면 더운 대로 추우면 추운 대로 너무 힘들다고, 갑자기 계절이 바뀌면 몸에 쇼크가 와서 쓰러지기도 한다고 그는 담담하게 말했다. "병원에 갔더니 몸의 온도를 조절하는 기능이 선천적으로 약하다는 진단을 받았어요. 어디가 아픈 게 아니라 그냥 부실한 거라 약도 없대요. 그렇게 태어났으니 어쩔 수 없는 건가 봐요. 이제 나름 요령이 생겨서 잘 버티고 있어요."

다소 엉뚱한 순간에 그 대답을 떠올린다. 선천적으로 기능이 약하다는 말. 어디가 아픈 게 아니라 그냥 부실한 거라 약도 없다는 이야기. 괜히 자기 때문에 분위기가 무거워질까 봐 내내 웃고 있던 입술까지.

누구에게나 부실한 구석이 하나씩은 있을 것이다. 나의 경우 감정을 조절하는 기능이 아주 부실한 편이다. 병명을 붙이기엔 애매하지만 어딘가 시원찮은 것만은 분명하다. 그 때문인지 오래전부터(그러니까 요즘처럼 명상이 유행하기 전부터) 내게 명상을 권하는 사람이 꾸준히 있었다. 주로 날 아끼는 이들이었다. 별것도 아닌 일로도 방금 끓인 라면 쏟은 사람처럼 매번 좌절하는 나를 돕고 싶었던 것 같다.

그러나 이십 대의 나는 괴로움으로부터 탈출하기 위해 적극적으로 나서지 않았다. 문제 속에 고여 있기를 바랐나. 어쩌면 그렇게라도 사람들의 걱정을 사고 싶었는지도 모르겠다. 누가 억지로 앉혀두고 명상 영상을 재생해주어도 첫 부분부터 막혔다.

"숨을 길게 내쉬면서 부정적인 감정도 내보내세요. 욕심은 내려놓고~"라는 말을 들으면서, "아, 왜 내려놔야 하는데요. 욕심이 많게 태어난 걸 어쩌라고요. 화가 나는 걸 대체 무슨 수로 참아요. 감정을 컨트롤 할 수 있으면 그게 사람입니까? 신이지"라고 투덜거렸다. 여러모로 괜한 반항심과 아집으로 뭉친 맛없는 주먹밥 같은 인간이었다.

돌이켜보면 그 시절엔 '잘 살고 싶다'는 생각을 해본 적조차 없다. 다 모르겠고. 매사가 이렇게 불만족스러울 것 같으면 차라리 망가져야겠다고 생각했었다. 나를 위해 노력하지 않는 것이 자유롭고 힙한 것이라고 믿었다.

살다 보면 평생 내가 이런 일을 할 거라고 상상도 못했던 일들을 경험하게 된다. 기껏 서른 살아놓고 할 말은 아니지만 사실이다. 지금 당장 생각나는 것만 해도 일단 운동, 운전, 요리, 주식, 결혼, 또 뭐가 있었더라. 아! '잘 살고 싶다' 혹은 '잘 살아야겠다'는 다짐을 자주 한다. 거의 매주 한다. 앞서 이야기한 것들도 모두 '잘 살아야겠다는 다짐' 뒤에 실천한 일들이다.

나도 명상을 해볼까 생각한 건 정말 최근의 일인데, 계기는 지난여름 휴가 때 우연히 들렀던 '고요새'란 공간에서였다. '홀로 나와 마주 앉는 자리'라는 콘셉트의 예약제 카페였다. 특이하게 거의 모든 테이블이 1인석이었고, 창을 향해 놓여 있었다. 혼자 오는 사람에게 오롯한 시간을 제공하기 위해 시간당 입장 인원을 제한하고 있다고 했다. 당시 나는 제주도를 혼자 여행한 지 9일째였으며, 마침 여름 바다의 북적거림과 군중 속의 고독에 조금 지쳐 있던 참이라 더 알아볼 것도 없이 그곳이 마음에 들었다.

예약 시간에 맞춰 고요새에 도착하니 검은 도복 차림의

사부님(이라고 불러야 할 것 같은 비주얼의 직원분)이 다과 세트와 함께 편지지를 내어 주셨다. 편지를 써서 우체통에 넣으면 집으로 보내주는 시스템인 듯했다. 명상할 때 틀어둘 법한 배경 음악과 절 냄새, 이름값 톡톡히 하는 고요한 분위기에 나는 금방 압도됐다. 셔터 소리가 다른 사람에게 방해가 될까 봐 사진도 찍지 않았다. 누가 시키지도 않았는데 휴대폰을 비행기 모드로 돌리고 가만히 앉아 있었다. 그러고 보니 이렇게 오롯이 혼자 있는 게 얼마 만인가 싶었다. 혼자 여행을 하면서도 늘 인스타그램을 통해 사람들과 연결되어 있었고, 잠들었을 때를 제외하곤 항상 무언가를 읽거나 봤기 때문에 정말로 혼자인 적은 없었다.

처음 5분 정도는 벌을 받는 느낌으로 앉아 있었던 것 같은데, 정신을 차려보니(그렇다 모든 일은 정신을 차리지 못하는 새에 벌어진다) 나에게 편지를 쓰고 있었다. 분위기에 휩쓸려 저절로 그렇게 됐다. 느끼하고 부끄러워 차마 전문을 공개할 순 없지만 대략 이런 내용이었다.

서울에서 소리치며 일하고 있을 며칠 후의 나에게

나에게 편지를 쓰다니. 느끼하다. 할 말이 없을 줄 알았는데.

휴대폰도 안 보고 책도 안 읽으니 할 말이 생기네.

내 맘이 내 맘 같지 않을 땐 지금처럼 잠깐 멈춰서 숨을

고를 수 있었으면 좋겠어.

조용한 곳에서 나랑 단둘이 있어 보니, 나에게 제일 먼저

해주고 싶은 말은 이거더라.

일시적인 감정에 휩쓸려 인생을 허비하지 말자.

서울로 돌아가면 또 짜증 내고 화내느라 못생긴 표정만 짓겠지.

이제라도 명상을 시작해볼까 봐. 이제라도 잘 살고 싶다.

• • •

대부분의 인스타그래머와 마찬가지로 나 또한 인스타그램엔 그럴싸한 모습만 올린다. 얼마 전 아파트 복도에서 노을 구경하는 사진과 함께 "멍하게 노을 보고 있으면 잡생각이 사라짐. 이따 자기 전에 명상해야지"라고 올렸더니 후배 주연이에게 DM이 왔다.

"올! 선배 요즘 명상도 해요? 요리도 하고. 운동도 하고.

완전 브이로거 재질! 브이로그 왜 안 해?"

"브이로거 재질이라니. 최고의 칭찬인데? 인스타 인생 성공했다. 라이프스타일 좀 있어 보여?"

"완전! 회사 생활하고 주말엔 책도 쓰면서 라이프스타일까지 어떻게 챙겨요?"

답장을 하려다 잠시 고민했다. 라이프스타일이란 뭘까. 나도 유튜브에서 인기 브이로거들의 영상을 찾아보며 '저 사람은 라이프스타일이 참 세련됐네. 부럽다. 나도 저렇게 살고 싶다'라고 혼잣말을 해본 적이 있다. 라이프스타일이란 다른 사람이 부러워할 만큼 '잘' 사는 걸 말하는 걸까. 아님 견고하게 쌓아온 자신에게 꼭 맞는 생활양식을 뜻하는 걸까. 대충 두 가지를 섞은 것과 비슷한 듯하다. 그렇다면 라이프스타일을 가지려면 어떻게 해야 하지? 나의 경우 '잘' 살아야겠다는 다짐을 많이 했다. 잘 살고 싶다고. 잘 살아야 한다고. 이제 더는 나를 해치는 방식으론 살아선 안 된다고. 스스로에게 신신당부를 했다.

왜 갑자기 그런 결심을 하게 됐냐고 누가 물으면 뭐라고 답해야 할까. 남들이 하면 좋다고 백번쯤 추천했지만

한 귀로 듣고 흘렸던 일들을 우연한 계기로 이해하게 됐다고 설명하면 될까. 운동 덕분에 잘 살고 싶어졌나. 아니면 잘 살아야겠다고 다짐한 덕분에 운동을 시작하게 됐었나. 모르겠다. 지나간 일은 늘 모호하게 흔적만 남아 있다. 정신을 차려보니 아침 요가로 하루를 시작하고 매 끼니 건강식을 만들어 먹으며 자기 전 유튜브로 명상 영상을 보는 사람이 되어 있었다.

술과 사람에 의지해 겨우 생활하던 시절의 친구들이 이 글을 읽으면 얼마나 비웃을지 눈에 선하다. "너 그 결심 얼마나 가나 보자"는 말도 분명히 나올 것이다. 그러나 그들은 내가 앞으로도 계속 '잘 살아야겠다'고 다짐하기를 바랄 것이다. 명상도 계속하길 바랄 것이다. 그래서 힘든 일이 좀 생기더라도 갓 끓인 라면 쏟은 사람처럼 울지 않기를 바란다는 걸. 이제는 안다. 아무래도 브이로그를 시작해야 할까 보다.

작정하면
완전히
다른 인생을
살 수도 있겠네

얼마 전 중학생 친구들을 인터뷰하다 재밌는 단어를 배웠다. 반 삼십. 삼십 살의 반, 그러니까 중학교 2학년 학생들이 스스로를 "꺾였다", "늙었다"라고 말하며 시무룩해하는 모습이 신기했다.

"저도 내년이면 이제 반 삼십이거든요. 5년 후엔 성인이 되니까 철들어야 할 것 같아서 압박감이 느껴져요."

"지금처럼 놀면 삼실 살 돼서 진짜 망할까 봐 무서워요."

반 삼십들의 진지한 고민을 듣고 있자니 갑자기 나도

어렸을 적 친구들이 보고 싶어졌다. 단톡방에 카톡을 보냈더니 반나절 만에 답장이 왔다.

"야, 미친. 그럼 우리는 반 육십이니?"

"아직도 생각 없이 살고 있는 그냥 삼십 할미도 있다고 전해줘."

"얘들아 내가 연애를 할 수 있을까? 곧 삼십 대 중반이야."

친구들의 자학 개그(!)를 키득거리며 감상하다 묘한 기시감을 느꼈다.

"근데 우리 스물다섯에도 반 오십이라면서 슬퍼하지 않았냐. 산타할아버지가 백 살 미만은 다 어린이라고 했어. 다들 젊게 살자잉!"

친구들에 비해 나이에 대한 압박을 덜 받는 편이지만 나 역시 뭔가를 새로 시작하기엔 너무 늦어버렸다는 생각을 종종 한다(참고로 내가 나이에 연연하지 않는 이유는 결혼을 일찍 했기 때문이다. 서른이 되기 전에 유부녀가 됐으므로 비교적 담담하게 삼십 대를 맞이할 수 있었다). 가끔 별 이유 없이 조급하고 현재의 삶이 지겨워서 울고 싶어질 때도 있다. 어느 날 바닷가 마을로 훌쩍 떠나 몇 달이고 긴 방학을 보내는 동생들이 너무 부럽다. 가정도 빚도 없을 때 어디로든 떠나둘걸. 그랬다면 지금과는 다른 인생을 살지 않았을까.

예전에 생리통이 심해 약국에 갔을 때, 약사님이 이런 말을 해주셨다. "통증이 심해진 뒤에 먹으면 소용이 없어요. 아플 것 같을 때 먹어야 해요." 당시에는 아픔을 예감하고 약을 먹는다는 게 이상한 일처럼 느껴졌었다. 소중한 걸 아낄 줄 모르던 이십 대 초반이었다. 한 귀로 듣고 한 귀로 흘려버린 이야기를 이해한 건 시간이 많이 흐른 뒤다. 삼십 대가 된 지금은 누구보다 그 말에 깊이 공감한다. 뭐든 심해지기 전에 조치를 취해야 한다. 그렇게 조심을 해도 컨디션이 나쁜 날이 한 달에 반 이상이다. 몸이 괜찮다 싶으면 마음이 말썽이고. 아무튼 어느 쪽이건 지긋지긋하긴 마찬가지라 언제부턴가 몸을 사리며 산다.

괴로워지는 게 두려운 삼십 대는 일요일 오후만 되면

조급해진다. 기분이 너무 가라앉기 전에 뭐라도 해두고 싶은데. 그대로 두면 손쓸 수 없는 상태가 되어 밤새 잠 못 들 게 뻔한데. 뾰족한 수가 없으니까. 가만 보면 세상에서 내 비위를 맞추는 일이 가장 어려운 것 같다. 주말은 이틀뿐이고 월요일엔 출근을 해야 하며 이 사실은 내가 복권에 당첨되지 않는 이상 변하지 않는다. 누가 들어도 당연한 소릴 왜 받아들이지 못하는지. 일요일 오후만 되면 어김없이 우울해지는 나 자신이 답답해 죽겠다. 아니, 일을 해서 돈을 벌어야 대출금도 갚고 술도 사 먹을 거 아니냐고!

그간 '일요 우울'에서 벗어나기 위해 안 써본 방법이 없다(불행의 원인인 월요일보다 불행을 예감한 일요일에 더 괴롭다. 이상하다). 진탕 술을 마시다 요일이 바뀌었는지도 모르게 잠드는 방법도 써봤고, 새 옷은 월요일에만 입는다는 규칙도 세워봤다.

해야 할 일, 벌어야 할 돈만 가득한 일상에 셀프로 심은 이벤트는 얼마간 기분 전환에 도움이 됐다. 하지만 그 어떤 신박한 이벤트도 일요일의 기분을 안정시켜줄 루틴으로 자리 잡진 못했다. 같은 방법을 몇 주 써먹다 보면 금방 시들해져서 더 이상 기분 전환이 되지 않았기 때문이다. 약에도 내성이 생기듯 이벤트가 반복되면 더 이상 이벤트 구실을 못하는 모양이었다.

내가 요즘 밀고 있는(!) 이벤트는 차를 타고 다른 동네로 나가는 것이다. 집 근처에 스타벅스 드라이브 스루가 있어서 커피를 사는 것으로 일정을 시작한다. 정말로 커피를 마시고 싶어서라기보단 떠나는 기분을 소환하기 위한 일종의 의식이다. 기차 여행 전 주전부리를 챙기는 느낌이랄까.

차를 타고 이동하는 것이니 드라이브라고 설명하는 게 자연스러우려나. 사실 이 이벤트는 여행도 드라이브도 아닌 산책과 더 닮았다. 목적지도 없고 정해진 코스도 없다. 흥미를 끄는 골목이 나타날 때까지 그냥 달린다.

햇볕이 예쁘게 내려앉은 방향을 따라 무작정 가다 보면 어느새 창밖 풍경이 낯설어진다. 신기한 건 다른 도시까지 멀리 나가는 일만큼이나, 얼마 달리지 않고 "서울에 이런 동네가 있었어?"라고 말할 때도 많다는 거다. 서울 산 지

벌써 8년인데 아직도 모르는 동네 천지다. 아마도 항상 익숙한 길, 최단 경로만 찾아다닌 덕분이겠지.

운이 좋은 날엔 집에서 30분도 채 안 떨어진 곳에서 '저런 데 살면 좋겠다' 싶은 동네를 발견하기도 한다. 그럴 땐 적당한 곳에 차를 세운다. 그러곤 이 마을에 살면 어떨까 상상하며 천천히 걷는다. 내 마음을 사로잡은 것은 대체로 우리 동네에는 없는 것들이라 그것들이 있는 일상을 가늠하다 보면 꽤 들뜬다. 작은 개울이 흐르는 공원에서 매일 아침 산책을 하고 큰 창 너머로 탁 트인 논과 밭이 보이는 카페에서 마감을 한 뒤 그림처럼 펼쳐진 산등성이 사이로 노을이 지는 걸 바라보는 삶. 그런 걸 상상하니 너무 신나서 나는 간만에 의욕적인 상태가 된다. 당장 이 동네로 이사 올 기세로 여기서 회사까진 얼마나 걸리는지, 장은 어디서 보면 좋을지, 해장할 곳은 있는지 셈해보는 것으로 일요일의 나들이는 끝이 난다.

일요일마다 낯선 동네, 살고 싶은 마을을 찾아다닌 지 1년쯤 됐다. 일기장을 넘겨보니 '일요 우울'이 확실히 나아졌다. 가진 능력치에 비해 난이도가 과하게 높은 삶. 오늘도 내일도 좋은 일은 없고 괴롭기만 할 것 같아서 갑갑할 때. 차라리 흔적도 없이 사라지는 게 나을 것 같다는 생각이 들 때. 나는 요즘 겪어본 적 없는 동네에 사는 상상을 한다.

"작정하면 지금과는 완전히 다른 인생을 살 수도 있겠네."

주문을 외듯 뱉고 나면 이상하게 괜찮아진다. 가능성을 열어두는 것만으로도 이렇게 마음이 가벼워진다는 걸 좀 더 일찍 알았다면 좋았을 텐데. 우울과 무기력 속에서 흘려보낸 피 같은 주말이 아까워서 문득문득 배가 아파지는 것만 빼면 대체로 괜찮은 봄날이다.

부러움과 자기 비하의 상관관계

고양이로 태어났다면 어땠을까? 종종 들르던 카페 고양이 '하하'를 보며 떠올린 생각이다. 하하는 팔자 좋게 늘어져 있다가 손님이 오면 뚫어져라 쳐다보곤 했다. 흡사 관상을 보는 자세였다. 드나드는 사람이 없으면 다시 창가로 옮겨가 행인들을 하염없이 봤다. 그리하여 고양이만큼이나 할 일이 없었던 휴학생은 쓸데없는 상상을 하게 된다. '내가 고양이로 태어났다면 무슨 생각을 하며 지냈을까.' 오래 고민할 것도 없었다. 나라면 창밖 사람들을 부러워하는 데 온 시간을 썼을 테다.

사실 인간일 때(?) 하는 생각도 별로 다르진 않다. 세상엔 잘난 사람이 너무 많다. 주변만 둘러봐도 부러워할 사람이 한 트럭이다. 우선 절친 디디의 친화력. 워낙 누구하고나 잘 지내서 주변 사람들이 "넌 김정은 위원장이랑도 친구 할 수 있을 것 같다"고 말할 정도다. 특유의 유쾌함으로 분위기도 잘 띄워서 다들 디디를 편하게 여긴다. 요즘 자주 부러워하는 건 선배 김신지의 화술인데, 선배는 어떤 상황에서도 정색하는 법이 없다. 웃는 낯으로 그렇지만 단호하게 의견을 이야기한다. 나는 사람 좋은 척 끌려다니다 궁지에 몰리면 무는 쥐 타입의 인간인지라, 선배를 볼 때마다 감탄스럽다. 생의 모든 일에 맑은 태도로 임하는 우리 팀 디자이너 몽미도 부럽다.

우물 밖으로 갓 나온 개구리 시절, 내게 '부러움'은 일종의 연료였다. 먹다 버린 과자 봉지처럼 의욕 없이 늘어져 있다가도, 누군가에게 부러움을 느끼면 벌떡 일어섰다. 덕분에 소소한 발전도 있었다. 비키니 입은 과 동기에게 자극받아 다이어트를 시작하기도(망했지만), 인문학적 소양이 깊은 남자를 만나 철학책을 사기도 했다(안 읽었지만). 부러움의 감정을 나름 긍정적으로 활용한 셈이다. 그렇게 쭉 평화롭게 공존했다면 참 좋았을 텐데….

오래가지 못했다. 웹툰 〈유미의 세포들〉을 본 사람이라면 익숙할 풍경이 내 안에서 펼쳐졌기 때문이다. 〈유미의 세포들〉은 주인공의 머릿속에 세포들이 사는 마을이 있다는 세계관 아래 진행된다. 식욕, 성욕, 소비욕 등 온갖 욕구들이 각각의 세포로 존재하는데, 특정 세포의 힘이 세지면 마을의 평화가 깨진다. 배가 고프면 식욕 세포인 출출이가 거대해져 주변을 쑥대밭으로 만드는 식이다. 그 상태의 출출이는 이성도 감성도 말릴 수 없다.

습관처럼 다른 사람을 부러워한 탓에 내 머릿속의 대장 세포는 부러움이 됐다. 갑자기 강력해진 녀석은 기다렸다는 듯 자신감과 자존감을 마을 밖으로 몰아냈다. 그러곤 시기, 질투, 열등감 같은 놈들을 데리고 왔다. 그들은 순식간에 마을을 점령했고, 누군가에 대한 칭찬은 곧장 나에 대한 비난으로 이어졌다. "잰 저렇게 잘났는데, 넌 왜 그래? 넌 언제쯤 누가 부러워할 만한 사람이 될래?"

부러움은 꽤 오랫동안 마을을 지배했다. 조건 없이 나

를 예뻐해주는 이도 만났고, 어깨를 으쓱할 만한 성과도 냈지만, 소용없었다. 요새 좀 잠잠한가 싶으면, 어느새 존재감을 과시하며 난동을 부린다. 그래선지 나의 오랜 친구들은 내가 누군가를 칭찬하면 혀부터 끌끌 찬다. 또 시작이다 싶어 속상한 마음일 테다. 얼마 전엔 친구가 술이 좀 돼서 전화를 했다.

"인터넷에서 이런 얘길 봤어. 파슬리 키우는 농부한테 파슬리 대부분이 장식으로 쓰이다가 버려지는데 어떻게 생각하냐고 물어봤대. 그랬더니 농부가 충격 받은 얼굴로 '맛있게 키우려고 최선을 다했다'고 했대. 너희 어머니도 같은 심정 아닐까…. 사실 나도 좀 그래."

아, 파슬리…. 나는 언제쯤 파슬리임을 인정하고 고기 부러워하길 그만둘 수 있으려나. 아무래도 기약이 없어 못 들은 척 딴소리를 했다. "이제 겨울 다 갔나 보다. 밤인데도 안 춥네."

내가 내 인생을 악마의 편집을 하고 있었다

가끔 친구들에게 "다음 생엔 뭘로 태어나고 싶냐?"고 묻는다. 답변에는 무생물을 포함하여 다양한 것들이 등장하는데, 지친 얼굴을 한 채 돌이 되고 싶다고 말한 애도 있었다. 돌처럼 그냥 가만히 있고 싶다고, 작달비가 내리든 함박눈이 쌓이든 상관 않은 채 맘 편히 있겠다고. 사뭇 진지하게 말하던 표정이 마음에 남았다. 그런 친구를 위로하기가 어쩐지 낯간지러워서, 괜히 얄궂은 장난을 쳤던 게 어렴풋이 기억난다. "퍽이나 편하게 있겠다. 가람이나 나 같은 사람은 돌로 태어나봤자 흔들바위일걸? 흔들바위 알지? 365일

관광객들이 찾아와서 하루 종일 밀어대는 그거."

농담처럼 말했지만 요즘 나의 가장 큰 고민 또한 '어떻게 하면 내 마음이 편해질까'다. 사소한 일에도 일희일비하며 바깥 세계의 속도에 맞춰 휘청거리는 게 이제 좀 지겹다. 누가 부귀영화(혹은 연금복권)와 마음의 평화 중 뭘 택할 거냐고 묻는다면, 지금 같아선 대뜸 마음의 평화를 골라버릴지도 모르겠다. 정신 승리라도 좋으니 스트레스 없이 지내고 싶다. 어떤 근육이든 심하게 쓰면 망가진다는데, 하루에도 몇 번씩 폭염과 한파를 오가는 내 마음은 이미 너덜너덜해져 있을 게 분명하잖아. 당장 내일 고장 나도 이상할 게 없을 정도로.

이런 연유로 죄 없는 마음에 돌을 던지는 놈들을 골라내 단두대(!)에 올리는 작업을 진행 중인데, 최근에 유력한 용의자로 '제발'이라는 놈이 체포됐다. 한번 의식하고 나니 내가 꽤 자주 '제발'을 찾는 사람이란 사실도 알게 됐다.

'제발'을 말할 때의 나는 대체로 이런 상황에 처해 있다. 바라왔던 것이 코앞까지 가까워졌는데, 그걸 손에 넣을 능력이 없고. 내세울 거라곤 간절함뿐이어서 구차하게 매달려야 하는 초라한 처지. 그래서 평소엔 거들떠도 안 보던 신이나 달님을 찾으며 '제발'을 외치는 거다. '제발. 이번엔 꼭 붙게 해주세요. 이거 안 되면 저 죽어요.', '제발 그 사람 한 번만 더 만나게 해주세요. 앞으로 진짜 착하게 살게요.'

제 3자의 눈으로 가만 보니 나는 매사에 지나치게 필사적인 경향이 있었다. 그건 아마도 내가 인생을 구원해줄 한 방을 기다리고 있었기 때문일 것이다. 눅눅한 일상을 단번에 뽀송하게 만들어줄 햇살 같은 사랑이나, B급 인간을 A급으로 만들어줄 성취 같은 게 있다고 믿었으니까. 절박해질 수밖에 없었다. 가벼운 마음으로 시작했다가도 이 기회가 그 한 방일지도 모른다는 생각이 들어서, 어느새 '이거 아니면 안 돼'의 심정이 돼버렸다.

어떤 것도 어떤 것에게 구원이 될 수 없다는 걸. 취직을 한다고 해서, 사랑을 한다고 해서 모든 문제가 마법처럼 해결되진 않는다는 걸. 무엇보다 일단 지나고 나면 생각보다 금방 잊히는 일이 훨씬 더 많다는 걸. 내내 모르고 지내왔다.

너무 오래전 일이라 흐릿하지만 글 쓰는 일에 집착하게 된 과정도 비슷했다. 어쩌다 한 번 칭찬을 들은 일로 글을 쓰기 시작해서 '쓰지 않으면 나는 아무것도 아니다'라는 결론에 닿기까지. 거기에 목숨을 걸 정도로 거창한 이유가 있었을 리 없다.

그런데도 '이게 아니면 안 된다'는 납작한 관점은 수시로 사람을 궁지에 몰아넣었다. 글이 잘 써지지 않으면 극단적인 생각(또 떨어지다니. 나는 쓰레기야. 이것도 못할 거면 그냥 죽자)을 했다. 잘하고 싶어서. 근데 그게 마음처럼 안 되어서. 모든 걸 놓아버리고 차라리 도망치고 싶기도 했다.

너무 간절해서 영영 놓아버릴 위기에 처했던 때, 그러니까 잡지사 시험에서 떨어졌다고 식음을 전폐하고 방구석에 처박힌 일이나, 기사 몇 개가 망했다고 에디터 일을 때려치우려고 했던 걸 떠올리면…. 지났으니 할 수 있는 말이지만, 참 바보 같았다.

언젠가 네이버 뉴스 창에서 "김태리, 저도 언제 연기를 때려치울지 몰라요"라는 제목의 기사를 보고 깜짝 놀라 눌러본 적이 있다. 알고 보니 이런 내용이었다. "모두가 언제

든지 자신이 하는 일에서 도망칠 수 있다는 생각을 했으면 좋겠어요. '정답은 이거 하나뿐이다'라는 생각이 환기되지 않으면 삶이 너무 힘들잖아요. 저도 연기를 언제 때려치울지 몰라요. 그렇게 생각하지 않으면 오래 못할 것 같아요."

몇 년 전이었다면 인터뷰를 보고 그녀에게 실망했을 것이다. 실패 후 도망칠 곳이 있는 사람은 가짜라고 생각했으니까. 하지만 지금은 오히려 그런 태도를 배우고 싶다. 앞으로는 '이거? 좋아하는 거지만 없어도 죽는 건 아니야' 정도의 온도로 살아볼 것이다. 그렇지 않으면 정말로 고장이 날지도 모르니까. 잘하고 싶은 것에 오래 머물기 위해서. 이제 그만 '제발'을 놔주어야지.

| 제발 탈출 후기 |

이 글을 쓰고 나서 얼마 뒤에 한때 응원하던 래퍼의 영상을 발견했다. 어떤 팬이 그의 활약상을 모아 편집한 영상이었다. 나는 그 친구를 고등학생 래퍼들이 나오는 프로그램에서 처음 봤다. 실력이 없는 것 같진 않은데 매번 결정적인 순간에 실수를 하는 바람에 모두의 조롱거리가 되어 버린 친구였다. 그가 가사를 잊은 채 당황한 모습은 서바이벌 쇼 특유의 악마의 편집을 거쳐 인터넷 세상 곳곳으로 퍼졌다. 그걸 보며 나는 수능 망친 자식을 보는 부모의 심정이 되어 속상해했다. 그러게 잘 좀 하지. 중요한 무대를, 언제 다시 올지 모르는 소중한 기회를 이렇게 허무하게 날려버리다니.

나의 걱정이 무색하게 그 친구는 잘 지내고 있었다. 영상에는 경연에서 보여준 무대뿐만 아니라 방송 밖 모습(소규모 공연장에서 랩 하는 거, 친구들과 거리에서 비공식적으로 한 게릴라 공연 등)까지 다양하게 담겨 있었고, 그는 여전히 랩을 '잘' 했다.

하나 재밌었던 건 영상 중간에 문제의 가사 실수 장면도 있었는데, 방송을 볼 때와는 다르게 그다지 심각한 실수로 보이지 않았다. 그냥 그가 오른 수많은 무대 중 하나일 뿐이었다. 가사를 잊어버렸다는 사실엔 변함이 없었지만, 곧이어 다른 무대에서 잘하는 모습이 나와서 별로 안타깝지 않았다. 그래서 '아까운 기회를 날리긴 했는데, 실력 있는 친구니 언젠가 잘 되겠지 뭐' 하고 넘길 수 있었다.

그동안 인생이 경연 프로그램과 비슷하다고 생각하며 살았다. 이기지 못하면 낙오되는. 단 한 번의 실수로 오랫동안 준비해왔던 것이 허무하게 날아가는 냉혹한 세계. 그 속에서 나는 경연 프로그램의 참가자이자 PD로서 익숙한 악마의 편집에 매여 있었다. 사소한 패배에도 하늘이 무너진 것처럼 좌절하고, 부정적인 부분만 모아서 자꾸 돌려봤다.

그런데 어쩌면 인생은 단 한 편의 TV 쇼가 아니라, 내가 오른 모든 무대를 담은 유튜브 영상에 가까운 걸지도 모르겠다. 인생은 경연 프로그램처럼 8화 만에 끝나지도 않고, 등수를 매길 수도 없다. 준비가 부족해서, 실수를 해서, 운이 없어서. 이번 쇼에서는 낙오했지만 그건 10분짜리 영상의 한 구간일 뿐이다. 전체를 다 보고 나면 아주 사소한 부분일 테다. 그 이후 다른 쇼에서 우승을 할지, 음원 1위를 할지, 진로를 바꿔 대박이 날지는 아무도 모른다. 그렇게 생각하니 어쩐지 용기가 난다.

물론 내 인생이 시시한 영상일 수도 있겠지. 처음부터 끝까지 고만고만한 실수만 가득할 수도. 하지만 오늘의 패배 앞에서 당장 위로가 되는 건, 다음엔 잘될 거라는 믿음뿐이므로. 기왕이면 이런 태도로 사는 게 속도 편하고 좋겠다.

3

달면 삼키고
쓰면 좀 뱉을게요

그 사람을 다시 보지 않기로 한 하찮은 이유를 듣고 있자니, 미움이란 감정도 우연의 영역에 속해 있을지도 모른단 생각이 들었다. 미리 조심할 수도 없고, 안다고 해도 어찌할 수 없는 우연. 그러니 괜한 의미 부여 말고 미운 감정이 생기면 미련 없이 마음에서 뱉어 버려야겠다. 안 그러면 도리어 미움에 잡아먹히게 될 테니까.

○
○
○

미워하는
동안에는
사랑할
틈이 없다

어린 시절 교과서에서 배운 '좋은 사람'의 기준에 얽매여 살고 있다는 생각을 했다. '달면 삼키고 쓰면 뱉는다'라는 속담을 처음 알게 된 게 몇 살 때였더라. 학원 선생님이 ○○이 오늘 학원 왜 안 왔는지 아냐고 묻길래 "○○이랑 이제 안 친해요. 걔가 저번에 애들이랑 싸울 때 제 편 안 들어줬단 말이에요"라고 대답했다가 민망을 당했던 건 기억난다. 잘해줄 때만 친하게 지내다가 서운하게 좀 했다고 돌아서는 건 진정한 친구가 아니라고. 달면 삼키고 쓰면 뱉는 사람이 되면 안 된다며 선생님은 표정을 굳혔다. 그 순간을 꿈으로 여러 번 꿀 정도로 나는 그날의 일을 마음에 담아 두었다. 수치심이라는 단어를 모를 만큼 어렸을 적 일이라 그때 느낀 감정을 정확한 언어로 기억해두진 못했지만, 영혼에 얼룩을 남긴 사건임은 분명했다. 선생님에 대한 원망보단 옹졸한 속마음을 모두에게 들켜버렸다는 부끄러움이 더 컸던 것 같다.

마음의 그릇이 작다는 사실은 두고두고 내게 콤플렉스가 됐다. 이론상 '진정한 관계'는 어떤 상황에서도 서로를 이해하고 사랑하는 거라던데. 나름대로 애를 써봐도 진정한 마음이 안 생겼다. 나에게 있어 마음이란 유리컵에 담긴 물의 온도처럼 순간적인 감정에 가까웠다. 다정하게 대해줬다는 이유로 먼저 손을 덥석 잡았다가도, 상처되는 말을 들으면 금방 놔버리고 싶어지곤 했다. 하지만 그 마음을 솔직하게 드러내면 손가락질을 받을까 봐 두려웠으므로. 아닌 척, 다시 좋은 마음이 생길 때까지 일단 버텼다. 나는 속이 좁은 놈이니까. 내가 오해한 거겠지. 다른 사람들은 나처럼 작은 일에 의미 부여하지 않겠지. 성급하게 관계를 끊거나 싫은 티를 내면 분명 후회할 일이 생길 거야. 어린 시절의 학원 선생님처럼 스스로에게 주의를 주고, 상대와 어떻게든 다시 잘 지내보려고 애를 썼다. 그러는 동안 미워하는 마음은 반항이라도 하듯 점점 더 커다랗게 자랐다. 회복할 만한 구석은 없을까 이리저리 뜯어볼수록 상대방이 더 싫어지기까지 했다.

사랑이랑 미움이랑 싸우면 누가 이길까. 나는 사랑을 응원하지만 안타깝게도 승자는 미움인 것 같다. 미워하는 마음의 영향력이란 정말이지 지독해서 뭔가를 미워하는 동안에는 사랑을 할 틈이 없다. 종일 화내고 원망하느라 모든 에너지를 다 써버려서 정작 내 몫으로 주어진 사랑을 받아먹지도 못한다.

역시나 일상이 미움으로 가득 차 있었던 몇 주 전 월요일. 씩씩거리며 키보드를 두들기고 있는데 메신저 알림창에 반가운 이름이 반짝였다. 은유였다. 은유는 내가 종이잡지를 만들던 시절 함께 일했던 동료이고, 지금은 다른 회사에서 음악 배급일을 한다.

"혜원님, 혹시 택배 하나 못 받으셨어요? 여섯 달 전에 사둔 선물이 있는데 올해가 지나기 전에 드리고 싶어서 우편으로 보냈거든요. 벌써 도착하고 남을 시간인데 분실되었을까 봐….”

메시지를 읽고 서둘러 현관으로 나가 보니 묵직한 상자 하나가 얌전히 놓여 있었다. 문자 알림을 꺼두어서 3일 전에 도착한 택배 도착 문자를 놓쳤나 보다. 그래도 그렇지 얼마나 '대단한 일' 한다고 3일 동안 집 밖으로 한 발자국도 안 나가고 살았나. 볕도 안 쬐고 만날천날 노트북 앞에 앉아서 화만 내며 살았다는 게 새삼 부끄러웠다. 늦었지만 멀리서 나를 기억해준 다정한 마음에 답장을 보내고 싶어서 오랜만에 서랍을 열어 엽서를 고르다가, 제때 보내지 않은 답장이 이번 것 말고도 여러 건 밀려 있음을 깨달았다. 친구가 챙겨 먹으라고 보내준 영양제는 아직 포장도 뜯지 않은 채 방바닥을 굴러다니고, 이른 크리스마스 선물로 깜짝 선물을 받아놓곤 고맙다는 인사조차 아직 안 했다. 코로나가 우리를 갈라놓은 이 시국에도 사랑하는 친구들은 메신저로 택배로 다정을 전해오는데, 나는 미워하는 사람을 어떻게 해야 할지 궁리하느라 그 고마운 애들을 내

팽개치고 살고 있었다니. 속상했다.

그 일을 계기로 나는 관계를 대하는 태도를 바꾸었다. 단 건 삼키고 쓴 건 일단 뱉기로. 어중간한 마음으로 모두를 품어보려 애쓰다가 소중한 사람을 놓치느니 그냥 생긴 대로 살기로 한 것이다. 그래요. 나 옹졸하고 '찌질한' 사람 맞아요! 나한테 오늘 잘해준 사람이 좋은 사람이고 상처 준 사람이 나쁜 사람이지 뭐. 행복한 인생을 살려면 좋아하는 일을 가능한 한 많이, 싫어하는 일을 가능한 한 덜 하며 살라는 말도 있잖아? 껄끄러운 사람은 내 시야에서 최대한 멀리 치워놓자!

의식이 여기까지 흐르니 가장 먼저 SNS 팔로잉 목록부터 정리해야겠다는 생각이 들었다. 인스타그램을 통해 알고 싶지 않은 사람의 소식을 꼬박꼬박 보는 게 그간 은근히 스트레스였다. 이름만 봐도 입맛이 쓴 사람을 찾아 언팔로우 버튼을 누르려는데, 막상 저지르려고 보니 망설여졌다. 과거에 우리가 얼마나 가까운 사이였는지, 이 사실을 주변 사람들이 알게 되면 뒷말이 나오진 않을지, 만에 하나 우리 관계가 회복될 가능성은 없을지. 10분 넘게 머뭇거리다 용기 내서 팔로우를 끊었는데, 뜻밖의 사실을 알게 됐다. 그 사람은 이미 나를 언팔로우 해둔 상태였다. 그 사실을 확인하자마자 거짓말처럼 마음이 가벼워졌다. 개를 미워하는 마음도 동시에 옅어졌다. 남이 되니 이렇게 편한 것을. 진작 뱉을걸.

언젠가 친구들과 배달 음식을 기다리며, 소개팅 상대가 어떤 행동을 했을 때 마음이 식는지에 관해 이야기한 적이 있다. 우리는 정말 시답잖은 이유로 누군가를 밀어냈다. 겨울에 너무 추워해서(이를 딱딱 부딪치며 떠는 게 멋이 없어 보였단다), 버스에서 과도하게 휘청거려서(그 모습을 본 뒤로 개업식 풍선 인형이 겹쳐 보였다고), 카레에서 당근을 빼고 먹어서(어른스럽지 않다고 느껴졌단다).

그 사람을 다시 보지 않기로 한 하찮은 이유를 듣고 있자니, 미움이란 감정도 우연의 영역에 속해 있을지도 모른단 생각이 들었다. 미리 조심할 수도 없고, 안다고 해도 어찌할 수 없는 우연. 그러니 괜한 의미 부여 말고 미운 감정이 생기면 미련 없이 마음에서 뱉어버려야겠다. 안 그러면

도리어 미움에 잡아먹히게 될 테니까.

| 인스타그램 팔로잉 정리 후기 |

팔로잉 정리를 마치고 내 인스타그램 피드를 다시 봤는데 정말 가관이다. 보는 눈이 많으니 최대한 감정을 절제하고 은유적으로 썼다고 생각했는데. 이제 보니 단어 하나하나에 날이 서 있는 게 누가 봐도 화가 잔뜩 나 있다.

며칠 전 류시화 시인이 올린 글이 떠오른다. 세상은 싫어하는 것으로 자신을 정의하는 사람과 좋아하는 것으로 자신을 정의하는 사람 둘로 나뉜다고. 우리의 에너지는 우리가 집중하는 곳으로 흐르기 마련이니 기왕이면 좋아하는 것에 집중하며 살자는 이야기였다. 그의 글을 일기장에 옮겨 적으며 한 가지 다짐을 덧붙였다. 내년부터는 좋아하는 마음에 대해 더 자주 쓰자고. 좋아하는 걸 좋아하는데 에너지를 몽땅 다 써버리고 미워하는 일은 나중으로 미뤄버리자고. 마침 때는 다짐하기 좋은 연말이다.

일로 만난 사이

50미터만 걸어도 등이 축축해지던 여름날. 나는 회사 후배 이시은과 터키 음식점에서 점심을 먹고 있었다. 항상 네댓 명이서 우르르 점심을 먹었었는데 그날따라 다들 약속이 있었고 덩그러니 남겨진 우리는 사무실 밖으로 나와서야 단둘이 점심을 먹는 게 처음이라는 사실을 알아챘다(어쩐지 대화가 자꾸 뚝뚝 끊기더라).

시은은 다섯 달 전 입사한 신입사원으로 닌텐도 게임 캐릭터 '커비'를 닮은 친구다. 눈도 동그랗고 얼굴도 동그래서 보고 있으면 분홍색 동그라미가 저절로 떠오르곤 했다. 오래전부터 귀여운 것이라면 덮어놓고 좋아하던 나는 시은에게 호감을 가지고 있었다. 아마 회사 밖에서 만났다면 먼저 다가가 말도 붙이고 장난도 걸고 했을 것이다. 그러니까 반년이 다 되도록 제대로 된 대화 몇 마디 나누지 못한 건 서로에게 관심이 없어서가 아니라 회사 선후배라는 다소 사무적인 관계로 만난 탓이다. 구구절절 설명하니까 점점 더 핑계 같은데 진짜다.

"우리 맥주 한 병 시켜서 나눠 먹을까요?"

미지근한 수프에 식은 빵을 찍어 먹다 말고 내가 말했다. 당시 시은에 대해 아는 게 거의 없었으나 회식 자리에서 맥주를 빠르게 많이 마셨다는 것만은 기억하고 있었다. 돌이켜보면 누구와 밥을 먹어도 체할 것 같았던 신입사원 시절에 내가 가장 좋아했던 점심 파트너는 매번 나서서 맥주를 시켜주던 매니저님이었다. 시은 또한 백 마디 조언보다 맥주 한 모금을 더 반길 타입이라는 직감이 왔다.

그날 우리는 (역시나) 맥주 덕분에 가까워졌다. 뻔하지만 다정한 전개였다. 신나서 술 이야기를 한참 하다 보니 점심시간이 절반 이상 지나 있었고 이번엔 시은이 용기를 냈다. "책임님 저희 오늘은 커피 패스하고 여기서 맥주 딱 한 모금씩만 더 마실까요?" (이 글을 읽고 계실 팀장님. 저희 정말 딱 한 모금씩만 더 마셨습니다. 부디 믿어주시길.)

전혀 다른 캐릭터라고 생각했던 둘 사이엔 의외로 공통점이 많았다. 늘 웃는 낯이어서 눈치채지 못했지만, 이야기를 조금 해보고 나니 '이 사람도 사는 게 만만치 않았겠구나' 싶었다. 관심과 인정에 목마른 이에게 세상은 너무 무심하니까. 삭막한 회사 생활에서 상처 꽤나 받았을지도.

늘 그렇듯 진짜 중요한 이야기는 후반전에 등장한다. 장난을 치지 않는 터키 아이스크림 아저씨(그는 지쳐 보였다)에게 받은 아이스크림을 하나씩 물고 사무실로 돌아가던 길이었다. 가게 밖으로 나오자마자 녹기 시작한 아이스크림이 손을 타고 흐르기 시작한 터라 내 집중력은 한껏 흐트러져 있었다. 속절없이 녹아내리는 아이스크림을 솜씨 좋게 먹어치우며 시은이 말했다.

"이상하게 회사만 오면 바보가 되는 것 같아요. 저 사실 친구들이랑 있으면 안 이런데. (안)영미 언니 뺨치게 웃기고, 나름 브레인인데."

언제나처럼 웃고 있었지만 어쩐지 울 것 같은 표정이었다. 그때 무슨 말이라도 했어야 한다. 네가 이상한 게 아니라 회사 사람과 있으면 다들 그렇다고. 특히 신입사원 시절엔 대부분 그런 생각을 한다고. 얘기해줬어야 하는데. 꼰대 같지 않은 표현을 고르려다가 대꾸할 타이밍을 놓쳤다. 자리에 앉아 메시지라도 한 통 보낼까 싶었지만 정작 내가 보내야 했던 건 시은이 오전에 보낸 기획안에 대한 피드백이었다. "하늘색으로 표시한 부분 보완해서 내일 오전 중으로 다시 전달해주세요."

회사 동료들을 생각하면 감정이 복잡해진다. 현대 사회에서 맺게 되는 관계 중 제일 지독한 것은 아마도 '일로 만난 사이'가 아닐까 싶다. 일하기 위해 만난 관계이니 일만 잘하면 된다 싶다가도 막상 그렇지가 않다. 매일 만나서 밥 먹고 커피 마시고 농담하다 보면 우리도 모르게 정이 들기 때문이다. 가족에게도 애인에게도 할 수 없는 이야기를 나눌 유일한 사람들. 어느새 애틋해진 이들이기에 기왕이면 인정받고 싶고 좋은 사람으로 남고 싶은 거겠지. 인간이라면 누구나 품을 법한 욕심이다.

그런데 다들 알겠지만 회사라는 곳이 필연적으로 서로의 감정을 상하게 할 수밖에 없는 구조다. 네가 휴가 가서 즐거운 만큼 내가 불행해져야 하는 구조. 내가 제 몫을 못하면 다른 누군가가 두 배 세 배로 괴로워지는 구조. 무엇보다 최악인 건, 상한 감정이 채 회복되기도 전에 다시 얼굴을 마주하고 껄끄러운 이야기를 또 해야 한다는 거. 그러다 보면 또 미운 정이 쌓인다. 그래서 우리는 서로를 마음껏 좋아하지도 미워하지도 못한 채 어금니에 뭐가 낀 사람처럼 어정쩡하게 지낸다.

애정을 기반으로 한 관계만을 맺어 오다가 이해관계로 얽힌 사람들을 처음 사귀게 됐을 때, 나는 혼란스러웠다. 그들과 잘 지내고는 싶은데 그러기 위해서 대체 어떻게 해야 하는지 방법을 알 수가 없었다. 내가 그동안 누군가를 좋아했던 방식을 고수하다 보니 상처받는 일이 생겼다. 공과 사를 구분하지 못한다며 비난을 받거나, 가깝다고 여겼던 이에게 배신감을 느끼는 일이 몇 번 반복되고 난 후에는 사람을 만나는 것 자체가 무서워지기도 했다. 그땐 정말 아무나 붙잡고 변명이라도 하고 싶었다. 오늘의 시은처럼. "저 원래 이런 애 아니에요. 친구들이랑은 잘 지내요."

소설가 황정은의 소설집《아무도 아닌》을 보면 이런 대목이 나온다.

> 나는 여전하다. 여전히 직장에 다니고 사람들 틈에서 크게 염두에 두지 않을 정도의 수치스러운 일을 겪는다. 못 견딜 정도로 수치스러울 때는 그 장소를 떠난 뒤 돌아가지 않는데 그런 일은 물론 자주 일어나지는 않는다.

일을 시작한 지 햇수로 9년, 사회 초년생이라고 우기기엔 여러모로 민망한 연차가 됐다. 그러나 이해관계로 얽힌 사람들과 잘 지내는 방법 같은 건 여전히 모른다. 사무실 옆자리나 뒷자리에 앉은 사람이 와락 좋아졌다가 불현듯 미워지는 일은 요즘도 종종 있다. 동료들을 실망시키기도 그들에게 실망하기도 한다.

사람 때문에 너무 힘들 땐 소설 속 주인공처럼 다 때려치우고 도망가는 상상을 한다(물론 나에겐 갚아야 할 빚과 가족이 있으므로 그런 일은 실제로 일어나지 않는다). 그러니 나는 시은에게, 나와 닮아 어쩐지 애틋한 후배에게 해줄 말이 없다. 다만 좋든 싫든 매일 봐야 하는 사람들과 부대끼면서 자신을 지킬 방법을 찾길 바랄 뿐이다. 어쨌거나 우리는 당분간 계속 직장에 다녀야 할 것이므로.

P.S. 이 글을 쓴 지 벌써 2년이 지났고, 신입사원이던 시은은 회사에 완벽 적응해 팀 내 에이스가 되어 날아다니는 중이다. 사회생활도 어찌나 잘 하는지. 언제 한번 날 잡고 비법을 전수 받았으면 좋겠다.

선물을 잘 하는 어른이 되고 싶다

어느 날 술에 잔뜩 취한 내가 말했다.

"마음이랑 돈이랑 시간은 한 세트야."

"뭔 소리야 또."

"진짜 마음이 있는 놈은 말만 하지 않아. 돈이랑 시간을 쓰지. 마음은 물 같은 거라고. 남한테 전해주려면 컵이나 그릇이 필요하단 말이야. 근데 그 컵이 뭐냐. 돈이랑 시간이란 말이지. 내가 널 사랑하잖아? 그 마음을 어떻게 전달하겠어. 시간 내서 너랑 놀고 너한테 선물도 주려고 하겠지. 그것도 그냥 선물 말고 시간과 돈을 써서 정성껏 고른 선물을 주겠지."

횡설수설 열변(이라고 쓰고 헛소리라고 읽는다)을 토하다 테이블에 얌전히 놓여 있던 맥주잔을 엎었고, 아까운 술이 새로 산 원피스 위로 쏟아지는 바람에 정작 하려던 말을 하지 못했다. 사실 그날은 친구의 생일이었고 제대로 된 선물을 준비하지 못해 술값을 계산하는 것으로 대충 때우는 게 못내 미안했다. 언제부턴가 나는 사람들을 진심으로 대하지 않고 있었다. 아무렇게나 산, 성의 없는 선물이 그 증거였다.

제법 영악한 어린이였던 나는 선물의 이치에 대해서 잘 알고 있었다. 우리 집 형편에 맞는 선물의 가격은 이미 정해져 있고, 그 안에서 고를 수 있는 것은 뻔했으니까. 주변에서 쉽게 구할 수 있는 적당한 가격의 선물을 고르고 그것에 감사하는 것이 가정의 평화를 지킬 수 있는 암묵적인 규칙이었다.

하지만 그와 동시에 나는 선물에 쉽게 마음을 빼앗기는 어린이이기도 했다. 나에겐 선물에 대한 로망 같은 게 있었다. 그것도 꽤나 구체적인. 생일도 아니고 크리스마스도 아니고 어린이날도 아닌 어느 평범한 날에 이름만 겨우 들어본 낯선 어른에게 깜짝 선물을 받는 상상을 자주 했다. 미국 사는 엄마의 친구가 "아줌마 기억나니?"라고 물으며 커다랗게 포장된 수입 장난감을 안겨준다든가. 먼 친척 아저씨가 문구점에 데리고 가 무엇이든 좋으니 마음에 드는 것을 골라보라고 한다든가.

안타깝게도 로망은 그저 로망일 뿐. 내게 주어진 역할은 친구들이 선물 받는 사치를 부러운 눈으로 지켜보는 거였다. 친구의 사촌 언니가 외국 출장 갔다가 사 왔다는 고급 펜 세트를 구경하며 나는 다짐했다. 선물을 '잘' 하는 어른이 되어야지. 상상도 못한 선물로 사람들을 감동시키고 그들의 마음을 얻어야지. 써 놓고 보니 이루 말할 수 없이 유치하지만 당시 나는 꽤 진지했다.

그리고 나는 자라서 선물을 어려워하는 어른이 됐다. 선물을 '잘' 한다는 건 여러모로 어려운 일이다. 좋은 선물엔 무려 세 종류의 여유가 필요하다. 돈, 시간 그리고 마음. 물론 이 여유를 모두 갖추고 사는 사람은 흔치 않다. 나의 어린 시절을 함께했던 사랑하는 어른들의 삶에도 물론 여유가 없었을 것이다. 항상 이런 식으로 어른이 되었음을 실감하게 된다. 어른의 피치 못할 사정을 이해하는 방식으로.

좋아하는 사람에게 쓰는 돈을 아끼게 될 때 내가 가난해졌음을 실감한다. '마음만은 부자'라는 표현도 있던데. 내 마음은 왜 이렇게 쓸데없이 솔직한지 모르겠다. 물리적으로 가난해지면 마음도 예외 없이 가난해진다.

그럼에도 작은 선물을 준비하고 상대의 환심을 사는 일은 내 삶의 여전한 즐거움 중 하나다. 남편에게 고가의 캠핑 장비를 사 주거나, 울적한 친구에게 와인을 사 먹였을 때 좋은 사람이 된 것 같은 착각에 괜히 들뜬다. 그래서 나는 성실하게 경제활동을 한다. 너무 지쳐서 반년쯤 아무것도 안 하고 쉬고 싶어져도 포기하지 않고 계속 회사에 다닌다. 단돈 십만 원이 주는 마음의 여유를 누구보다 잘 알기 때문에 회사 밖에서 의뢰받은 일도 웬만하면 거절하지 않고 다 응한다(잠을 줄이면 된다). 그렇게 아등바등 벌어도 주기적으로 가난해진다. 어떤 친구 생일은 그냥 넘어가도 되려나 고민할 정도로.

궁색한 속사정을 들키지 않기 위해 선물을 고를 때는 늘 마음의 크기보다 한 움큼씩 더 넣곤 했다. 집들이 선물로 케이크가 좋을까 과일이 좋을까 한참을 고민하다 찝찝한 심정으로 둘 다 샀다.

그렇게 선물에 의미를 두고 신경 쓰는 것에 비해 실제로 내가 하는 선물은 대체로 형편없다. 돈만 없는 게 아니라 마음과 시간의 여유마저 없기 때문이다. 한정된 예산으로 어떻게 하면 좋은 선물을 살 수 있을지 고민하다 결국 답을 찾지 못한 채 아무거나 사버리기 일쑤다. 돈을 선뜻 쓰지 못해서 선물이 필요한 당일까지 빈손인 경우도 있다. 그게 아니면 사는 게 바빠 친구의 생일을 까맣게 잊고 있다가 메신저 알림창을 보고 뒤늦게 이마를 치는 성의 없는 사람이 바로 나다.

착한 내 친구들은 약속 시간 30분 전 드럭 스토어에 들러 급조한 화장품이나, 카카오톡 선물하기 목록을 10분쯤 뒤져 고른 기프티콘도 늘 기쁘게 받아주지만. 어쩐지 나는 그런 것들을 건넬 때마다 실패한 기분이 됐다. 재미도 감동도 성의도 없는 선물을 주고 말았으니, 선물 잘 하는 사람 되기 실패. 좋은 사람 되기 실패.

크리스마스이브에 그냥 아는 사람과 만나 영화를 본 적이 있다. 쌓아온 관계도 없고 잘해주어야 한다는 책임감도 없고 말 그대로 그냥, 이름과 얼굴 정도 아는 사람. 아무리 그래도 크리스마스이브이니 빈손으로 나가긴 좀 그래서 서점에 들러 책을 한 권 사 갔다. 뭘 좋아하는지 몰라 그냥 내가 좋아하는 소설책을 골랐다. 괜히 머쓱해서 혼잣말을 웅얼거리며 책을 건네줬는데 알고 보니 상대도 내게 줄 책을 가지고 나왔다고 했다. 딱히 엄청나게 비싸거나 귀한 선물이 아니었는데도 뜻밖의 상대에게 기대하지 않았던 마음을 받았기 때문이었는지, 그날 이후로 그 사람에게 뜬금없는 애틋함 같은 게 생겼었다.

내가 가지고 있던 선물에 대한 납작한 관점은 그해의 크리스마스이브와 닮은 의외의 사건을 겪으며 조금씩 섬세해졌다. 사랑하는 사람 말고 그냥 아는 사람들이 늘어났고 그들과 작은 호의를 주고받는 과정에서 엄청난 선물로 내 마음을 증명해야 한다는 부담감을 내려놓을 수 있었다.

나는 요즘 다른 방식으로 선물 '잘' 하기를 연습하고 있다. 일종의 꼼수인데 기념일 말고 평범한 날을 노리는 것이다. 기념일엔 누구나 선물을 기대하기 때문에 웬만한 걸로는 상대를 감동시키기 힘들다. 하지만 좋은 일이 생길 거라고 전혀 기대하지 않은 지루한 수요일에 불쑥 받는 선물은 다르다. 포장지 안에 담긴 것이 무엇이든 기쁠 테다. 기대하지 않았으니까.

비교적 생활에 여유가 있는 시기에는 주인 없는 선물을 미리 사 두기도 한다. 반짝이는 머리핀이나 도톰한 노트 같은 걸 쟁여두고 문득 생각나는 사람에게 불쑥 내민다.

나는 아직도 선물을 잘 하는 어른이 되고 싶다. 좋은 선물을 위해 궁리하는 시간이 지속된다는 건 좋은 사람이 되기를 포기하지 않았다는 뜻이므로. 삶에 여유가 없다는 쉬운 핑계를 대지 않고, 나와 만나주는 사람들에게 가능한 한 성의 있게 대하며 지내볼 작정이다.

나를 팔거나
남을 팔지 않는
스몰토크 연습

몇 년 전 이른 봄, 몽미와 보냈던 하루를 종종 떠올린다. 그날 우리는 오후 두 시부터 밤 열한 시까지 꼬박 같이 있었다. 단둘이 오랜 시간을 보낼 만큼 서로를 좋아했지만 침묵이 어색하지 않을 만큼 편한 사이는 아니었으므로 대화가 끊기지 않기 위해 부지런히 노력해야 했다(이후에 여행을 같이 갈 만큼 친해졌다).

혜화동에서 성북동으로 느리게 걷는 동안 책을 사고 커피와 작은 빵을 먹고 맥줏집에 자리를 잡기까지. 대화의 주제도 참 여러 번 바뀌었다. 정확히 무슨 이야기를 했는지 기억나지 않는다. 잃어버린 소울메이트를 만난 것처럼 대화가 잘 통한 건 아니었던 것 같다. 날이 따뜻해졌다든가 피자가 맛있다든가 하는 시답잖은 얘깃거리가 오갔을 뿐이었다. 그 평범해 보이는 날을 오래 곱씹는 이유는 아주 드문 일이기 때문이다. 너무 많은 말을 해버렸다는 후회, 내내 못된 마음만 나눴다는 죄책감 없이 산뜻하게, 문자 그대로 잡담만 나누다 헤어지는 일은 좀처럼 일어나지 않는다.

긴장을 놓으면 대화가 자꾸 천박한 방향으로 흘렀다. 누군가를 험담하거나 불평불만을 늘어놓거나 그것도 아니면 세상에서 제일 쓸데없다는 연예인 걱정으로 시간 낭비를 하거나. 공공장소에서 큰소리로 '그런 얘길' 하는 사람들을 보며 '저런 사람은 멀리해야겠다'고 생각했었는데. 어쩌면 내가 천박한 흐름의 원인일지도 몰랐다.

누군가는 천박한 대화 끝에 오는 자괴감을 피하기 위해 침묵을 있는 그대로 받아들인다고 한다. 어색해서 아무 말이나 하다 보면 구려지니까. 대화가 끊기면 끊기는 대로. 분위기가 가라앉으면 가라앉는 대로. 자연스럽게 둔다고.

근데 나는 아무리 연습해도 그게 잘 안 됐다. 입을 다물 배짱은 없고 다른 사람 이야길 하긴 싫어서 내 얘길 할 때가 많았다. 나 자신의 비밀을 가십거리인 양 쉽게 소비해버렸다. 가령 이런 식, "제가 사실 식탐이 좀 있어요. 마름에 대한 강박이 약간 있거든요"라고 고백한다든가. 불쑥 "저는 사랑을 믿지 않아요"라고 선언한다든가.

좋지 못한 방법이라는 건 이미 잘 알고 있었다. 비밀을 팔아 얻은 얄팍한 환심은 언제나 끝이 좋지 못했다. 그럼에도 매번 이야깃거리가 떨어지면 스스로를 바겐세일 하듯이 팔아버리는 나였다.

덕분에 내게 만남은 '플레저(pleasure)'가 아니라 '길티플레져(guilty pleasure)'에 가깝다. "오늘 정말 재밌었어" 하고 뒤돌아서는 순간부터 찝찝하다. 어떤 느낌이냐면 숙취랑 비슷하다. 숨만 쉬어도 괴롭고 아무리 떨쳐버리려고 해도 지독하게 달라붙는다는 점이 특히 닮았다. 모임에서 말을 많이 하거나 주목을 받는 스타일이 전혀 아닌데도 해산 후 집으로 돌아올 때는 예외 없이 후회에 사로잡히곤 했다. '아씨, 그 말은 하지 말걸'

나를 팔거나 남을 팔지 않으면서 함께 있는 이를 즐겁게 해주는 유쾌하고 우아한 어른이 되고 싶다. 좋은 사람이 아니라서 좋은 사람이 되는 법을 자주 궁리한다. 그래서 내가 요즘 연습하는 건 '스몰토크'다. 초등학교 영어 시간에 배운 그 스몰토크. "점심 뭐 먹었어?", "비 오는 날 좋아해?" 같은 거. 교과서 가장 앞쪽에 있길래 초급 기술인 줄 알았는데, 막상 해보니 상황에 맞춰 적절한 이야기를 꺼내며 스몰토크를 이어가는 게 쉬운 일은 아니었다.

하지만 고수가 되기 위해선 초보인 순간부터 견뎌야 하는 법이니까. 우선순위 영어 단어에 나올 법한 뻔한 표현부터 모아보기로 했다. 메모 앱에 스몰토크 폴더를 만들고 가볍게 나누기 좋은 잡담을 적어둔 지 석 달 정도 됐나. 벌써 폴더 안에 소재가 꽤 많이 쌓였다.

소재 후보 1번. ○ ○ ○

안락사

"스위스에서 안락사를 하려면 이천만 원 정도 필요하대.

사랑하는 사람이랑 같이 가려면 왕복 비행기값까지 넉넉히 삼천만 원 정도."

아, 이건 전혀 '스몰'하지가 않은데. 왜 넣어놨을까.

소재 후보 2번. ○○○

노을

"낮에 만난 사람과 좀 더 오래 있고 싶을 때, 오늘 노을이 예쁠 것 같다고 말하면 자연스럽대."

맙소사 하나도 자연스럽지 않군.

소재 후보 3번. ○○○

사랑과 사람 그리고 상황

"사랑과 사람 그리고 상황. 셋 중에 뭘 믿으세요?"
아이고 느끼해. 차라리 험담 불평불만이 낫겠다.

불행하게도 아직 한 번도 적절한 보기를 찾아내진 못했

지만 어쨌거나 연습 중이다.

p.s. 인스타그램에 스몰토크를 모으는 중이라고 올렸더니 n명의 친구에게 DM이 왔다. 괜찮은 얘깃거리 있으면 자기도 좀 공유해달라고.

좋은 걸 보면 너희 생각이 나

좋은 걸 보면 생각나는 사람들이 있다. 이때의 마음은 이타심보단 이기심에 가깝다. 좋아하는 사람과 좋은 걸 나누고픈 마음보단, 수다와 호들갑을 통해 나의 좋음을 극대화하고 싶은 욕망이 더 크달까. 새로 나온 과자가 맛있을 때 재흔이에게 연락하는 이유는 서른 넘어 과자 얘기하며 낄낄거릴 수 있는 친구가 걔 하나밖에 없기 때문이다. 또 한번쯤 가보고 싶은 낯선 동네를 발견했을 때 김수현 생각이 제일 먼저 나는 이유도, 사진 한 장만 보고 그 멀리까지 나와 함께 가줄 사람이 걔밖에 없는 탓이다. 사람은 자신의 욕구를 충족시켜주는 타인을 사랑하게 되어 있다. 나쁜 게 아니다.

그런 내가 가족이나 친구보다 자주 찾는 사람은 다름 아닌 사회 초년생 시절 만난 동료들이다. 1년 내내 연락이 끊기지 않는 모임은 거기밖에 없다. 누가 카톡방에 운을 띄우기만 하면 다들 기다렸다는 듯이 말을 얹어서 금세 메시지가 백 개 넘게 쌓인다.

도대체 무슨 이야기를 그렇게 하냐면, 떨어져 있는 동안 본 좋은 책, 좋은 영화에 관해 이야기한다. 좋은 작품을 보면 누구보다 먼저 걔들이 생각난다. 그 카톡방에 있는 사람들이랑 호들갑을 떠는 게 작품을 소비하는 일보다 더 재미있을 때도 있다.

"다들 이번 젊은 작가상 읽었어? 개좋아. 꼭 봐야 돼."

"아솔 언니(아는 사이라서 언니가 아니라 본업을 잘하면 그냥 언니라고 부른다) 신곡 들어봐. 미쳤어."

우리는 콘텐츠를 만들어 파는 에디터들이다. 6년 전 시대를 너무 앞선 까닭에 전설 속으로 사라져버린 비운의 뉴

미디어 '언라이크(unlike, 남들과는 다르다는 뜻이다)'의 창립 멤버로 만났고, 지금은 뿔뿔이 흩어져 각자 다른 일을 하지만 여전히 콘텐츠 업계에서 밥을 벌어먹고 산다.

에디터의 주 업무는 글이나 영상으로 뭔가를 설명하고 사람들이 그걸 보거나 사도록 설득하는 일이지만, 우리끼리 이야기할 때는 긴 설명을 하지도 설득을 하지도 않는다. 다짜고짜 너무 좋으니 일단 보라고 권하고 그럼 다들 군말 없이 시간을 내서 책을 읽고 영화를 본다. 서로의 취향을 믿기 때문이다. 내 취향이 아닐지언정 구린 것을 추천할 사람들이 아니라는 확신, 같은 매체에서 일했던 동료 사이에서만 생길 수 있는 신뢰 같은 게 있다.

가끔 모두의 마음에 닿은 작품이 나오면 그것에 대해 이야기하기 위해 부러 모이기도 한다. 어느 해 여름 드라마 〈한여름의 추억〉을 보고 깊은 감명을 받은 나는 눈물 콧물을 쏟으며 카톡을 보냈다. "애들아 〈한여름의 추억〉 봐야 돼. 다들 울게 될 거야." 며칠 뒤 수빈이가 울면서 답장했다. "선배 이거 뭐야. 너무 슬퍼." 아직 드라마를 보지 못한 효은이 말했다. "나 오늘 저녁에 볼 거야. 자세한 건 만나서 얘기해."

모두 마감에 쫓기며 사는 탓에 기껏해야 1년에 서너 번 만나는 우리지만 함께 이야기해야 할 화두가 생기면 큰일이라도 난 것처럼 속전속결 약속을 잡는 게 매번 웃긴다. 드라마가 뭐라고. 책이 뭐라고.

몇 년 전 연희동에서 다 함께 만났던 어떤 밤을 떠올리면 여전히 마음이 들뜬다. 드라마 이야기로 시작해서 사랑, 사람, 연애, 믿음 같은 낯간지러운 말들을 늘어놨던 날. 동료들과 만나 회사 욕이나 신세 한탄을 하지 않고 먹고사는 것과 무관한 이야기만 하다 헤어지는 날은 얼마나 귀한지. 마음의 사치를 한껏 부린 덕인지 숙취마저 남지 않은 그야말로 '좋은 만남'이었다.

우리가 언제까지 친구로 지내게 될까. 아직 한 회사에 다니고 있으니 이해관계를 놓고 다투다가 하루아침에 원수가 될 수도 있다. 혹은 하나둘 회사를 떠나고 조금씩 연락이 뜸해지다가 경조사가 있을 때나 겨우 얼굴을 보는 사이가 될지도 모른다.

우리 사이가 예전 같지 않아 슬퍼질 미래의 어느 날을

위해. 좋았던 날은 꼭 일기로 남겨두기로 한다.

친구들과 제주도에 다녀왔다. 2박 3일 동안, 매 끼니 맛있는 걸 챙겨 먹었고, 벚꽃과 유채꽃을 배경으로 사진을 많이 찍었으며, 밤에는 술에 취해 잠들었다. '그냥 좋았다'는 말 외에 별다른 수식어가 필요하지 않은, 뻔하고 행복한 여행. 그중 가장 좋았던 순간을 꼽자면, 우도가 보이는 언덕에 나란히 앉아 봄 바다가 내는 소리를 듣던 것. '우리가 여기 다시 올 수 있을까. 사회에서 만난 친구는 오래가지 못한다던데.' 바보 같은 생각을 하며 괜히 씁쓸해지려는 찰나. 휴대폰에서 흘러나오던 언니네 이발관의 노래가 현답을 주었다. "사랑이란 이 노래보다도 짧아. 그럴 땐 자꾸 부르면 되지"

2018년 4월 1일의 일기

끝이 보이는 관계에 마음을 쏟는 이유

유월에 좋아하는 친구 두 사람이 회사를 떠났다. 2년간 함께 일했던 현지는 오랜 고민 끝에 퇴사를 결심했고, 여섯 달 동안 내 앞자리에서 반짝이던 은유는 계약이 만료되어 학교로 돌아갔다. 예정된 이별이었지만, 나는 사람에 큰 의미를 두는 인간이므로 당분간 빈자리를 볼 때마다 적적해할 계획이다. 때마침 장마도 시작됐으니 바야흐로 센티멘털해지기 좋은 계절이다.

상황과 계절 핑계를 앞세웠지만, 실은 매 순간 인간관계에 대한 고민을 일정량 이상 껴안고 지낸다. 본격적으로 관계에 대해 고민하기 시작한 때는 아마도 고등학생에서 대학생으로 넘어가던 겨울이 아니었나 싶다. 수능 끝난 수험생이었던 우리는 시간을 때우기 위해 학교 운동장에 있는 동산을 산책 삼아 오르내리며 쉴 새 없이 떠들었다. 주로 미지의 영역인 대학 생활에 대한 상상이었다. "대학 가면 진짜 친구 사귀기가 어렵대. 거의 다 겉 친구래.", "고등학교 때 사귄 친구가 오래간다더라" 같은 소리를 하며 이상한 의리를 쌓았던 기억이 난다.

하지만 막상 고등학교를 벗어나 만난 관계에서 생긴 말썽은 예상과 전혀 다른 종류의 것이었다. 친구를 사귀는 일은 의외로 어렵지 않았다. 운 좋게도 내가 속한 집단마다 성별이나 나이에 관계없이 친구가 되는 자유로운 문화가 있었다. 덕분에 나는 놀랄 만큼 빠르고 깊게 새 친구들을 좋아하게 됐다.

다만 문제가 있었다면, 관계의 지속 시간이 너무 짧았다는 거. 급하게 가까워진 친구는 여름날의 반찬처럼 쉽게 상했다. 하고 싶은 것도, 해야 할 것도 많은 이십 대 초반에는 일상의 중심이 자주 바뀌는 법이니까. 일정표를 채운 단어가 '동아리'에서 '아르바이트'로 바뀌었다는 이유로, 서로를 소울메이트라고 불렀던 친구와 별일 없이 멀어졌을 때. 봉사 활동을 하며 한 달 동안 동고동락했던 이들이 하나둘 인사도 없이 메신저 단체방을 나갔을 때. 나는 놀이터에 홀로 남은 아이처럼 처량한 기분을 맛봐야 했다. 그때 손에 꼭 쥐고 있었던 주인 없는 마음은 미처 식지 못해 아직 따뜻한 상태였는데….

비슷한 일을 몇 번 겪고는 매사에 계산적으로 굴고 싶어졌다. 스쳐 지나가는 관계에 연연하는 촌스러운 애가 되고 싶지 않았다. 그래서 '어디에 마음을 두어야 상처받지 않을 것인가' 하고 머리를 굴리는 일이 늘었다. 한동안은 모두에게 마음의 문을 닫은 채로 지내기도 했다. 누군가 좋아진다 싶으면 지레 겁을 먹고 뾰족한 말로 선을 그었다. 그렇게 애를 써도 역시나 마음은 계획대로 되는 게 아니어서, 좋아하는 사람과 적정 거리를 유지하는 일은 어려운 수학 문제 푸는 것처럼 매번 어려웠다. 어쩌다 한 번 정답을 맞춘 뒤에도 비슷한 유형의 다른 문제에서는 또 헤매야 했다.

그 방황을 끝내준 사람은 뜻밖에도 스물셋 겨울, 함께 토익 공부를 하던 언니 오빠들이었다. 보통 토익 스터디에서 만난 이들과는 사무적인 관계를 유지하기 마련인데, 그때 만난 사람들과는 예외적으로 합이 좋았다. 수업 전후 짧은 대화를 나눌 때마다 다정한 기운이 깃들어서, 머리로는 '어차피 곧 다시 못 볼 사람들'이라고 생각하면서도 어느새 그들을 좋아하고 있었다.

수업이 끝나던 날 했던 처음이자 마지막 회식은 수년이 지난 현재까지 선명하게 기억이 난다. 그날 나는 내내 꽁해 있었다. 언제라도 다시 만날 것처럼 화기애애한 분위기가 어쩐지 야속했기 때문이다. 결국 비뚤어진 마음을 숨기지 못하고 한마디 했다. "어차피 오늘 지나면 만나지도 않을 거잖아요."

흥이 깨질 것을 각오하고 뱉은 말이었으나, 과연 좋은 사람이었던 언니 오빠들은 어른스럽게 나를 달랬다. "꼭 자주 봐야만 인연인가? 길 가다 만나면 반갑게 인사할 수 있는 사이가 된 것만으로도 엄청난 인연이지!" 그건 찰나의 대화였지만 이제껏 관계가 변하는 속도를 따라가지 못해 상처받았던 느린 마음을 위로하기에 충분한 온기였다. 아, 현재진행형이 아니라고 해서 좋아했던 마음까지 깎아내릴 필요는 없는 거구나. 그동안 오늘 손에 쥔 관계만이 유효하다고 생각해서 마음이 가난했던 거구나.

예상했던 대로 우리의 관계는 그날로 끝났다. 대신 눈이 많이 내리던 겨울의 술자리는 기억 속에 잠겨 있다가, 관계에 회의감을 느낄 때면 슬그머니 떠올라 내가 너무 인색해지지 않게 다독여준다. '지속되지 않아도 설령 끝이 나쁘더라도 한때 좋았던 관계를 깎아내리진 말자.'

다시 유월에 했던 두 사람과의 이별 이야기로 돌아가자면…. 우리는 분명 매일 사무실에서 얼굴을 부딪칠 때보다는 멀어질 것이다. 곧 무언가가 일상의 가운데를 차지할 테고 지나간 이는 자리를 내주어야겠지. 그래도 우리가 주고받은 다정한 쪽지나 사진 같은 것들은 여전히 남아 있으니까. 괜찮다. 마음을 쏟길 잘했다.

우리에겐
더 정확하고
섬세한
칭찬이 필요해

•
•
•

1 ○○○

내가 생각하는 나의 장점: 사람을 좋아합니다. 사람들과 소통하며 에너지를 얻습니다. 그렇기 때문에 미래의 팀원들과 좋은 시너지 효과를 낼 자신이 있습니다.

외장 하드 정리를 하다 취업 준비할 때 쓴 자소서를 발견했다. 다시 읽어보니 완전 엉망이었다. 당시 나는 순진하게도 사람을 좋아하는 게 나의 장점이라고 믿었다. 그래서 합격에 아무런 도움이 되지 않는 얘기를 진심으로 늘어 놓았다. 아마 인사 담당자는 내 자소서를 읽다가 얕은 한숨을 푹 내쉬었을지도 모른다. "저런, 사람을 좋아하시는군요. 그런데 그걸 왜 저한테 이야기하시죠? 저 진짜 바쁜데."

직장 생활 9년 차. 사람을 좋아하는 기질만으로는 어떤 일도 해낼 수 없다는 것을 이젠 잘 안다. 그리고 무엇보다 나는 사람을 좋아하지 않는다. 그 사실을 처음 깨달았을 때 팍팍한 사회의 때가 묻어 내가 변했나 싶어서 억울했는데 아니었다. 나는 칭찬과 친절, 다정을 좋아할 뿐 사람 그 자체를 좋아하진 않는다. 애초에 캐릭터 해석이 잘못되었던 것이다.

학생 신분일 때는 김밥에서 당근을 골라내듯 내가 선호하는 유형의 관계만 유지하며 살 수 있었다. 옳고 그름을 가리고, 날카로운 말로 서로를 지적해야 하는 상황은 피해 버렸다. 대학생 때 친구와 소설 창작 수업을 함께 들은 적이 있었다. 대부분의 문예창작 수업과 마찬가지로 우리 학교에도 서로의 작품을 읽고 평가를 하는 '합평'이라는 제도가 존재했다. 친구 작품 합평 차례가 돌아왔을 때, 우리 둘이 죽고 못 사는 사이라는 걸 잘 아는 교수님은 하필 나를 지목해 걔 소설을 어떻게 읽었냐고 물었다. 노트를 펼쳐 미리 정리해놓은 감상을 염소 목소리로 읽었다(극심한 발표 공포증이 있다). 그러자 교수님은 얄궂게도 좋았던 점 말고 아쉬웠던 점은 없었냐고 다시 물었다. 그렇게 칭찬만 하면 발전이 없다며. 진짜 친구를 위한다면 쓴소리도 할 줄 알아야 한다고 덧붙였다. 하지만 나는 굳이 친구의 작품에서 아쉬웠던 점을 끄집어내고 싶지 않았다. '피드백'이라고 불리는 일련의 과정들이 많은 사람 앞에서 망신을 주는 일처럼 느껴졌기 때문이다. 그런 식으로 받은 조언을 글이 더 나아지는 방향으로 활용할 재간이 내겐 없었다. 사람은 결국 자기 자신을 투영해서 세상을 보기 마련이므로, 교수님의 요청에 응하지 않는 것이 친구를 위하는 일이라고 판단했다. 곤란한 얼굴로 30초 정도 웃고 있었더니 이내 다른 학생에게 발언권이 넘어갔다. 그는 기다렸다는 듯 친구의 소설에서 부족한 점을 꼽아 줄줄이 이야기했다. 수업이 끝난 뒤 우리는 건물 뒤 벤치에 앉아 이런 대화를 나눴다.

“앞으로 창작 수업은 같이 듣지 말자. 별로인 거 같아.”

“우니야. 너 엄청 곤란했지.”

“나는 그냥 같이 과자 먹고 시답잖은 소리 하는 사이가 좋나 봐!”

교수님 말씀대로 비판적인 시각 없이는 발전할 수 없다는 걸 사실 그때도 알았다. 그건 먹고 싶은 것 다 먹으면서 살은 빼겠다는 놀부 심보 같은 거니까. 다만 굳이 좋아하는 사람과 날카로운 지적을 주고받고 싶지 않았을 뿐이다. 공과 사를 구별하지 못하는 게 사람을 좋아해서 그런 건 줄 착각하며 지내던 시절이었다.

2 ○ ○ ○

우리 아빠 항상 내게 말했다. 사람이 하고 싶은 일만 하며 살 순 없다고. 입사 전까지 비교적 하고 싶은 일만 하며 살던 나는 아빠가 옛날 사람이라서 뭘 모른다며 콧방귀만 뀌었었는데 사회생활이 시작됨과 동시에 내가 틀렸음을 인정해야 했다.

직장이란 시장에서 좋은 평가를 받을 만한 무언가를 만들기 위해서, 그런 능력을 갖춘 사람들을 모은 곳이다. 당연하게도 직장 안에서 일어나는 일은 처음부터 끝까지 평가의 연속이었다. 모두가 듣는 앞에서 한 사람의 결과물을 조목조목 지적한 뒤에 아무 일도 없었던 것처럼 다 함께 점심을 먹으러 나가야 했고, 좋지 않은 평가를 듣더라도 상처받지 않고 의연하게 수정안을 준비할 수 있어야 했다.

공적인 관계 맺기를 오랫동안 회피해왔던 나는 그 당연한 일들을 받아들이지 못하고 방황했다. 사람을 좋아한다고 스스로를 소개한 것이 무색하게 누가 말을 걸기만 해도 스트레스를 받는 형편이었다. 에디터라는 직업 특성상 매일 새로운 콘텐츠를 기획하고, 글을 쓰고, 동료와 독자들에게 냉정한 평가를 받아야 했는데, 일을 하면 할수록 미워하는 사람만 많아지고, 적성에 맞지 않은 일을 택했다는 자괴감만 깊어졌다.

동료들을 인간적으로 좋아하면서도 필요할 때 냉철한 평가를 주고받을 수 있기까지. 공적인 관계를 성숙한 방식으로 받아들이기까지는 참으로 오랜 시간이 걸렸다. 그 과정에서 자주 울고 화내고 무너졌다. 경솔하게 굴다가 망쳐버린 관계도 꽤 여럿이다.

3 ○ ○ ○

얼마 전 사무실에서 쓰는 아이맥을 교체할지 말지 논의하던 중에, 나와 비슷한 시기에 입사한 디자이너 언니가 이렇게 말했다. "그거 산 지 얼마 안 됐어요. 저 입사할 때 산 건데?" 일동 잠시 침묵. "그럼 최소 7년은 더 된 거네요." 세월 참 빠르다며 다 같이 한참을 웃었다.

냉정한 평가 한마디에 하루를 망치던 신입 에디터도 누군가를 평가하는 게 업무의 일부인 책임자가 됐다. 피드백을 주는 입장이 되니 무엇이 나를 견딜 수 없게 했는지 명확히 보였다. 우리가 주고받는 의견엔 대체로 지적과 비판뿐이다. 칭찬은 생략되어 있거나 "수고했다"는 말로 대충 뭉뚱그려져 있다. 거칠게 요약하면 서로의 잘못을 지적하기 바쁜 사이인 것이다. (물론 지적마저 성의 없이 하는 사람도 있다. 앞뒤 없이 "다 별로"라며 수정을 요구하는 이들. 그런 놈들은 동료가 아니니 그냥 미워하면 된다.) 왜 사람들은 직장에만 가면 지적 로봇이 될까? 인간 대 인간의 상호작용을 하지 않고 자기 얘기만 할까? 그야 피드백 받는 이의 기분까지 헤아리기엔 우린 너무 바쁘기 때문이다. 좋은 점을 강조해서 결과물을 발전시키는 것보다, 아쉬운 점을 제거하는 편이 더 빠르고 효율적이니까.

한번은 후배에게 줄 기사 피드백 파일을 검토하다가 빨간 글씨로 난도질된 문서가 폭력적으로 느껴져 새삼 놀란 적이 있다. 찬찬히 다시 읽어보니 온통 지적뿐이었다. 하지만 그 글에는 좋은 면도 분명 있었다. 참신한 도입부를 위해서 고민한 흔적. 복잡한 개념을 쉽게 설명하기 위해 평소보다 더 많은 양의 자료를 찾아 가공한 흔적. 하지만 나는 어느새 나에게 상처를 주었던 수많은 평가자와 마찬가지로 게으르고 무성의한 방식으로 일하고 있었다. 효율도 좋고 공과 사 구분도 좋지만 결국 이 모든 것은 다 사람이 하는 일인데. 적어도 함께 일하는 동료의 감정 정도는 헤아리는 게 맞지 않나? 기계를 다루는 것이 아닌 인간 대

인간의 소통이라면 인정과 칭찬 그리고 동기부여가 당연히 필요한 거잖아. 혹시 나도 모르게 날카로운 나 자신에 취해 잘못을 지적하는 일 그 자체에서 보람을 느끼고 있는 건 아닌가?

오랜 고민 끝에 나는 원칙 하나를 세웠다.

"지적만큼 칭찬도 정확하고 섬세하게 하기."

나는 주로 텍스트를 통해 피드백을 전하므로 일단 글자색부터 바꿨다. 예쁘게 꾸민다고 예쁜 말은 아니지만 아무래도 빨간색은 너무 공격적으로 보이는 듯해서 고심 끝에 하늘색으로 정했다. 그렇게 바꾸어 놓으니 문장이 한결 부드럽게 읽혔다. 그리고 (아주 바쁠 때를 제외하곤) 좋은 점만 보려고 노력하며 글을 처음부터 끝까지 읽는 시간을 가진다. 중간에 지적하고 싶은 부분을 발견해도 이 단계에서는 따로 표시하지 않고 넘어간다. 대신 좋았던 점이 보이면 기꺼이 멈춰서 가능한 섬세한 언어로 칭찬한다. "여기에 이모티콘을 쓰니 가독성이 확 높아졌네요!" 사소한 칭찬도 놓치지 않는다. 이렇게 완성한 칭찬 피드백에 수정이 필요한 부분을 추가해 담당자에게 보낸다. 가끔 연애편지를 쓰는 심정으로 작정하고 칭찬을 하기도 한다. '사랑해'라는 말로 대충 때우는 의무적인 고백이 아닌, 상대방을 충분히 관찰한 사람만 할 수 있는 정확한 칭찬을 하기 위해 시간을 들여 단어를 고른다.

프로답지 못한 생각일지도 모르겠지만, 함께 일하는 사람들을 좋아하고 싶다. '일'하기 위해 만난 사이지만 틈틈이 다정도 주고받고 싶다. 서로의 마음을 위해 애쓰는 시간을 낭비라고 부르지 않기를 바란다.

엄마는 나를 모른다

〈(아는 건 별로 없지만) 가족입니다〉라는 드라마를 보며 부모님 생각을 많이 한다. 물론 생각만 하고 연락을 하진 않는다. 이 드라마에는 평생을 가족으로 살았지만 서로에 대해 잘 모르는 사람들이 나오는데, 보면서 자꾸 감정이입이 된다. 나는 우리 가족에 관해 잘 알고 있나? 엄마는 나에 관해 어디까지 알고 있을까?

고등학교 때까지 나의 가장 친한 친구는 엄마였다. 친구와 선약이 있었을 때도 엄마가 놀자고 하면 취소하고 집에 남았다(얘들아 미안). 동네 피자집에서 오븐 스파게티랑

콜라 시켜놓고 별의별 이야기를 다 했다. 누구에게도 못할 이야기를 엄마한테는 했다. 그때의 우린 '그래도 되는' 사이였다.

성인이 되고 엄마가 알면 싫어할 생각, 반대할 행동들을 자주 하면서 자연스럽게 엄마에게 말하지 않는 것들이 많아졌다. 이십 대의 나는 십 대의 나와 완전히 다른 사람이 됐다(물론 삼십 대의 나 또한 이십 대의 나와 전혀 다른 인간이다). 엄마 몰래 한 일들의 결과가 지금의 나다. 엄마가 아는 나는 아마도 십 대의 나에 멈춰 있을 것이다.

요새는 엄마가 나를 별명으로 부르는 일이 거의 없지만 한 집에 살 때는 별명으로 불리는 일이 자주 있었다. 엄마가 지어준 별명들을 이제 와서 돌이켜보면 나의 본질을 너무 잘 꿰뚫고 있어서 놀란다. 많이 변했다고 생각하지만 여전히 내 마음속 깊은 곳에 또렷하게 존재하는 첫 번째 블록 같다. 나만 안다고 생각했던 바보 같은 모습이 오래된 별명 속엔 그대로 남아 있다.

몇 가지만 예로 들어보면 일단 가장 장기간 집권했던 별명으로는 '개멋쟁이'가 있다. 참고로 여기서 멋쟁이를 수식하는 접두사 '개'는 멋짐을 강조하기 위한 표현이 아니라 엉터리라는 뜻이다. '개떡 같은 소리' 할 때 쓰는 그 '개'. 비슷한 표현으로는 '허세'가 있겠다. 나는 어린이 때부터 폼에 살고 폼에 죽는 인간이었다. 마음에 드는 옷이 없으면 유치원에 가지 않겠다고 땡깡을 부렸으며 머리를 감지 않고서는 집 앞 슈퍼에도 나가지 않았다. 그뿐만 아니라 멋있어 보이고 싶어서 센 척을 얼마나 했는지 모른다. 동네 최고 겁쟁이 주제에.

문제는 그렇게 부린 멋을 대놓고 자랑하는 건 싫어했다. 관심은 받고 싶었지만 나대고 싶지는 않았다. 요즘 같으면 이 모순적인 욕구에 관해 설명하고 싶을 때 '샤이 관종'이란 단어를 쓰면 되지만, 당시엔 내 상태를 어떻게 표현해야 할지 막막했다. 오직 엄마만이 내 상황을 정확하게 진단하고 이해해줬다. "어쩌겠어. 니가 개멋쟁이인걸. 그냥 생긴 대로 살아."

그리고 잠을 너무 많이 자는 나를 두고는 '또 자?'라는 별명을 지어 놀렸다. 밥도 안 먹고 TV도 안 보고 잠만 자고 있으면 문 앞에서 큰소리로 되지도 않는 말장난을 했다. "'또자'야 또 자냐?"

마음이 너무 힘들면 머리도 못 감을 정도로 무기력해질 수 있다는 사실을. 그래서 해야 할 일들도 미룬 채 한심할 정도로 잠만 잘 수도 있다는 사실을 예전엔 몰랐다. 그저 내가 게으른 탓이라고만 생각했다. 침대에서 겨우 몸을 일으켰는데 창밖이 이미 어두워져 있을 때. 무거운 머리를 쥐어뜯으며 자책하는 나를 두고도 엄마는 싫은 소리 한마디 하지 않았다. "또자가 또 잔 거 뭐 대단한 일이냐" 하고 놀리고 말았을 뿐. 그 시절 내가 우울감에 시달리고 있다는 걸 엄마는 알고 있었을까? 진실은 과거의 엄마만 알고 있겠지. 이제 와서 엄마한테 "엄마 그때 알고 그런 거였어?"라고 묻기도 좀 민망하다. 상상만 해도 어색해서 숨고 싶어진다.

우리 집안에선 가족 간에 필요 이상의 감동적인 분위기를 연출하는 게 금기(?)시되어 있다. 심지어 나는 결혼식 전날에도 괜한 감상에 젖을까 봐 엄마랑 같이 안 자겠다고 선언한 자식이다. 결혼하는 거지 어디 멀리 떠나는 거냐며. 맘만 먹으면 인천에서 서울 두 시간이면 오는데 오버하지 말자고 바득바득 우겼다.

그리고 이번에도 엄마 말이 맞았다. 독립하고 나서는 엄마 집에 가는 일이 1년에 열 번 될까 말까다. 집에 갈 때마다 엄마는 반찬 좀 싸가라고, 대체 뭘 해 먹고 살긴 하는 거냐고 성화다. '해 먹긴. 사 먹지. 거봐. 이렇게 나를 모른다니까.' 그리고 엄마가 꺼내 놓은 반찬들을 보고, 하려던 말을 쏙 삼킨다. "너 바지락 볶음이랑 과일 사라다 좋아하잖아." 나조차 잊고 살았던 내가 좋아하'던' 반찬들. 잠시 잊고 있었을 뿐이지 여전히 좋아하는 것들을 엄마는 기억하고 있다.

그러나 나는 반찬을 받아 오면서 한 번도 감동한 티를 내거나 울지 않았다. 낯간지러운 표현을 기피하는 가풍(?) 때문이 아니라, "애는 언제 낳을 거냐", "바빠도 어른들한테 연락을 자주 드려야 한다" 기타 등등의 잔소리를 듣다가 눈물이 쏙 들어갔기 때문이다.

엄마는 참 이상하다. 나에 관해 누구보다 잘 알고 있는 것 같다가도, 어떤 때 보면 나란 인간에 대해 옆집 아줌마

만큼도 모른다. 아마 냉장고에 엄마가 준 반찬 통을 차곡차곡 넣다가 몰래 우는 것도 모를 게 분명하다.

안 그랬으면 좋겠는데, 엄마가 내 글을 너무 열심히 읽는다. 그래서 가능하면 글에 엄마 이야기는 쓰지 않으려고 한다. 괜히 어설프게 엄마 얘길 했다가 괜한 상처를 주게 될까 봐 걱정이다.

전작《작은 기쁨 채집 생활》이 나왔을 때, 누구보다 먼저 책을 완독한 엄마가 카톡으로 감상평을 보냈다.

딸은 글 쓸 때 보면 너를

너무 낮추는 경향이 있드라.

누가 봐두 부족한 점이 없이 완벽하게 보이는데 ㅋ

그냥 소설이라고 생각하고 읽으라고, 자꾸 그러면 내가 책 못 보게 할 거라고(무슨 수로) 괜히 민망해서 못된 소리를 했더니 한참 있다가 답장이 왔다.

알았다

항상 겸손하게 행동하고

엄마가 내 책을 읽고 나에 대해 새롭게 알게 되는 건 과연 좋은 일일까. 욕심 같아선 그냥 계속 몰랐으면 좋겠다. 꼭 서로를 완벽하게 알아야만 사랑을 할 수 있는 건 아니니까. 하지만 내가 아무리 말려도 엄마는 기어코 내가 쓴 글을 찾아 읽겠지. 엄마가 속상해하지 않았으면 좋겠다.

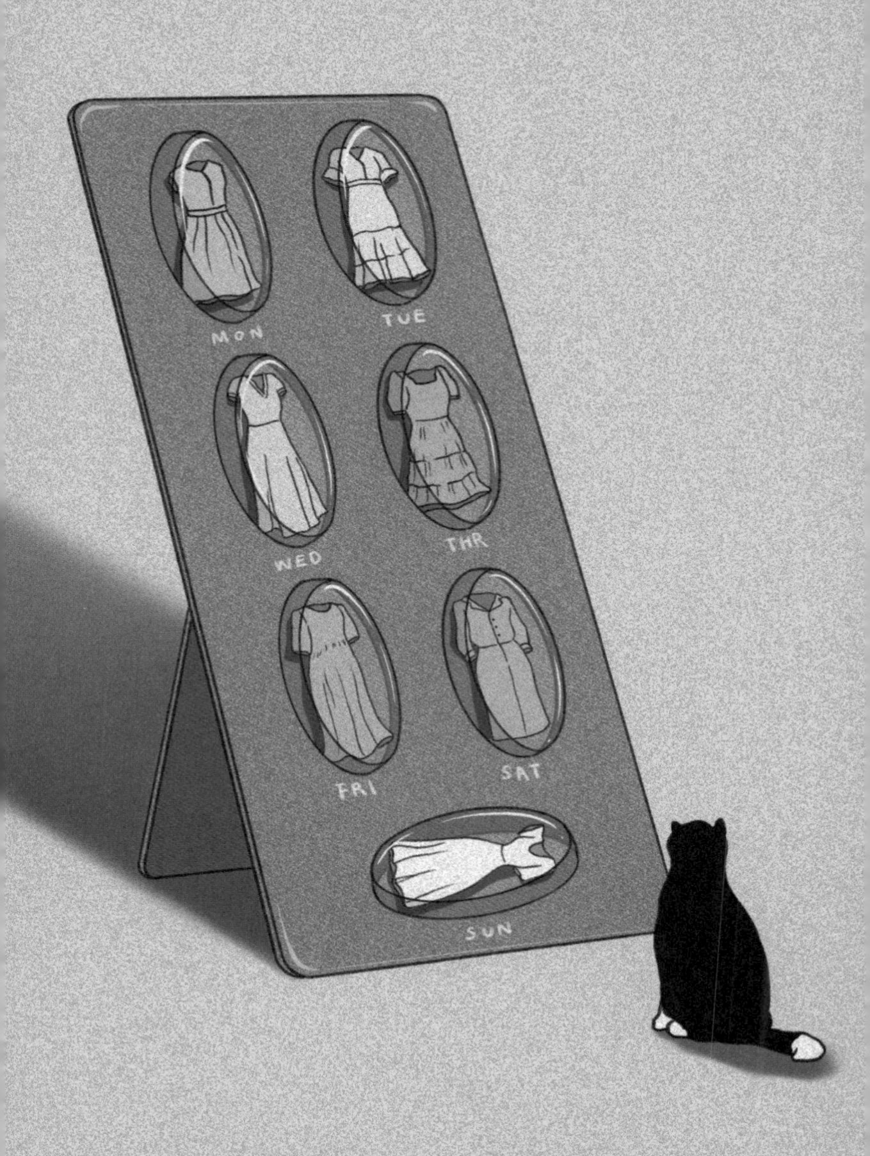
MON
TUE
WED
THR
FRI
SAT
SUN

4

취향이 없는 게 아니라
내 마음을 정의하지 않은 거야

내가 소유한 물건들은 나를 드러내는 수단이라고 생각한다. 자아나 자의식 같은 개념들은 손에 잡히지도 눈에 보이지도 않으니까. 대신 나를 둘러싼 자질구레한 것들에 나를 담으려고 애쓴다. 연필 한 자루를 사더라도 나와 닮은 것을 고르고 또 고른다. 그렇게 작은 잔상을 모아 내 방식의 '멋'을 만들어가는 게 아닐까 싶다.

○
○
○

하고 싶은 마음이 생기는 방향

1

"취향을 쌓는데도 돈이 필요한가 봐. 예전엔 정말 취향이랄 게 없었는데 밥벌이하면서 그나마 좀 생긴 것 같아."

"그래? 예를 들어 어떤 취향이 생겼는데?"

"… 글쎄. 그렇게 물어보니까 대답을 못하겠네. 잘못 생각했나 봐. 미안. 나 아직 취향이 없나 보다."

언젠가의 화보 촬영장에서 포토그래퍼 실장님과 나눴던 대화다. 한 달에 한 번 꼴로 스튜디오를 빌려 촬영을 나가지만, 그날 빌렸던 공간은 유독 특별했다. 싸구려 가구와 소품들로 구색만 갖춘 스튜디오와는 달랐다. 하나하나 공들여 골랐음이 분명한 물건들이 각자의 자리에서 빛나고 있었다. 촬영 공간이 아닌 곳에서 건강하게 자라고 있는 화분들. 색과 모양은 제각각이지만 모아 놓으니 묘하게 어울리는 테이블과 의자 세트. 이곳에 놓인 모든 것들이 자꾸 공간의 주인을 상상하게 했다. 아마 멋진 취향을 가진 사람이겠지.

속으로 계속 취향이라는 개념에 대해 생각하다 보니 나도 모르게 작고 귀여운 내 취향을 과시하고 싶었나? 먼저 말을 꺼내놓고 막상 내 취향이 어떤 건지 제대로 설명하지도 못한 게 어찌나 머쓱하던지. 그날 밤 이불 여러 번 찼다.

2

○ ○ ○

내 안에 담아두기엔 너무 크고 대단해 보여서 감히 가졌다고 말하기 민망한 단어들이 있다. 이를테면 행복이나 사랑 같은 것들. "사랑이 뭔데? 너는 지금 사랑을 하고 있어?"라고 누가 물으면 어떻게 답해야 할지 모르겠다. 적지 않은 연애를 거쳐 왔고 결혼까지 했지만 사랑이 뭔지는 아직 모른다.

취향도 마찬가지였다. 언젠가 누가 음악 취향에 대해 묻기에 "요즘은 힙합이 좋다"고 답했더니 "그럼 ○○ 아세요? 에이 그것도 모르면서. 힙합 좋아하는 거 아니네"라는 이야기를 들은 적이 있다. 아 좋아하려면 '잘' 알아야 하는구나. 전문가가 아니면 취향을 가질 수 없는 건가요? 속으로만 웅얼거렸다. 그 대화 이후 얼마간 무언가를 좋아한다고 말하는 것조차 부담스럽게 느껴졌다.

잘 안 풀리는 일이 있으면 국어사전에 검색해보는 버릇이 있다. 익숙한 단어를 설명하는 무심하고 짧은 문장에서 깨달음을 얻곤 한다. 사전에 '취향'을 검색해보고 취향에 대해 조금은 가벼운 마음을 갖게 됐다. 취향의 사전적 의미는 이렇다.

'하고 싶은 마음이 생기는 방향 또는 그런 경향'

아! 취향이 없는 게 아니라 아직 내 마음의 방향, 경향성을 못 찾은 것이었나? 지금도 좋아하는 건 충분히 많잖아. 그걸 그럴싸한 언어로 정리해서 설명하지 못할 뿐.

아주 어렸을 때부터 수학엔 젬병이었다. 수학 문제를 못 푼다는 이유로 울 필요가 없어진 지금 돌이켜보면, 내가 제일 어려워했던 건 규칙 찾기였다. 나열된 숫자나 도형 속에서 규칙을 찾아 빈칸에 들어갈 것을 고르라는데 아무리 봐도 내 눈에는 경향성이라는 게 보이지 않았다. 시험이 끝나고 해설지를 찾아보며 그제야 '아!' 할 때가 많았다. 정답을 맞춰야 한다는 강박 속에서 시간에 쫓기며 풀 때는 죽어도 안 보이던 경향성이, 다 끝나고 나면 슬그머니 눈에 띄었다. 그게 얼마나 야속했는지 모른다.

조급한 상태로 취향을 정의하려 들었기 때문에 내 마음의 방향이 보이지 않았던 것일까? 실제로 근사한 취향을 가진 사람으로 보이고 싶어서 나를 포장하기 바빴다. 당연히 규칙을 찾을 여유도 없었다.

3 ○ ○ ○

요즘 내가 좋아하는 것들 사이의 공통점을 찾아보고 있는데 퍽 재밌다. 예를 들어 내가 앨범 단위로 반복해서 듣는 뮤지션들을 나열해보면 다음과 같다.

강아솔 김사월 정우 김목인 빅베이비드라이버

포크라는 장르를 편애하는 마음의 규칙이 보인다. 취향을 모른 채 음악 스트리밍 서비스가 추천해주는 음악만 듣는 것과 마음의 규칙을 알고 플레이리스트를 쌓아가는 것 사이에는 분명한 차이가 있다. 방향을 알고 나니 취향을 좁히고 넓히는 일이 훨씬 더 자유로워졌다. 누가 "○○을 모른다니 포크를 좋아하는 게 아니군요?" 면박을 준다면 좀 더 의연하게 답할 수 있을 것 같다. "모든 포크송을 다 들어봐야만 포크를 좋아할 수 있는 건 아니니까요. 일단 들어보고 제 취향인지 아닌지 이야기해 드릴게요."

4

○ ○ ○

취향이 없다는 이유로 주눅 들어 있던 과거의 나에게 애틋함을 담아 쓴다. 취향이 없는 게 아니라 아직 내 마음의 방향을 못 찾은 거야.

매해 여름 같은 원피스를 입고 싶다

"꼭 지 같은 거 입었네."

"이모티콘도 꼭 지 닮은 거 쓰네."

자의식 과잉 인간은 이런 말을 들으면 기쁘다. 누군가 나라는 사람을 이미지화해서 기억하고 해석해준다는 건 참 고마운 일이다.

내가 소유한 물건들은 나를 드러내는 수단이라고 생각한다. 자아나 자의식 같은 개념들은 손에 잡히지도 눈에 보이지도 않으니까. 나를 둘러싼 자질구레한 것들(옷, 휴대폰 케이스, 이모티콘, 노트 등등)에 나를 담으려고 애쓴다. 연필

한 자루를 사더라도 나와 닮은 것을 고르고 또 고른다. 그렇게 작은 잔상을 모아 내 방식의 '멋'을 만들어가는 게 아닐까 싶다.

원피스는 나의 시그니처 아이템 중 하나다. 사람들이 내가 입은 원피스로 나를 읽어줬으면 좋겠다. 매일매일 사계절 내내 원피스를 입는다. 나의 일과는 그날 입을 원피스를 고르는 것으로 시작된다. 계절, 날씨, 일정 등 다양한 요소를 고려한다. 어떤 원피스를 입느냐에 따라 하루가 망할 수도 흥할 수도 있기 때문에 신중할 수밖에 없다. 옷이 날개가 아니라 옷이 기분이다.

어떤 사람은 이렇게 묻기도 했다. "혹시 잘 때도 원피스 입는 건 아니죠?" 딩동댕. 정답입니다. 격식을 차려야 하는 자리에 입고 갈 단정한 원피스와 이불 위를 뒹굴어도 괜찮을 만큼 편한 원피스가 따로 있다. 내 옷장에는 각기 다른 용도의 원피스가 잔뜩 걸려 있다. 하늘하늘 얇은 천으로 지은 원피스는 여름용, 굵은 털실로 짠 니트 원피스는 겨울용이다. 여행을 떠날 때도 물론 원피스를 입는데, 가끔 내 옷을 보고 "편한 옷으로 갈아입으라"고 보채는 사람들도 있다. 그런 말을 들을 때마다 여행 중 입어야 하는 옷의 종류가 따로 있나 싶다. 입은 사람이 편한 옷이 아니라 보는 사람이 편한 옷을 입어야 하는 건가. 나는 그냥 입고 싶은 옷을 매일 입고 싶다.

언제부턴가 원피스가 아닌 옷은 거들떠보지도 않는다. 세상에는 예쁜 바지도 많고 근사한 셔츠도 있지만 내 세계에서 옷의 종류는 원피스 하나다. 원피스가 주는 확실한 기쁨이 좋다. 일단 손에 넣기만 하면 그만큼의 멋이 보장된다는 점에서 존재만으로 미덥다. 상의와 하의로 나눠진 옷은 나를 불안하게 만든다. 마음에 쏙 드는 셔츠를 찾았는데도 '이거랑 어울리는 하의가 없으면 어쩌지' 안절부절하는 상황이 항상 억울했다. 그래서 원피스만 입는 인간이 됐다. 원피스는 나를 배신하지 않으니까.

덕분에 옷을 사는 일도 예전보다 수월해졌다. 몇 년 전까지만 해도 쇼핑은 내게 '일'이었다. 기쁨보단 스트레스를 주는 그야말로 노동. 인생이 마음에 들지 않으면 어쩐지 마음에 드는 옷을 찾기도 어려웠다. '바빠 죽겠는데 입을 만한 옷까지 없냐. 왜!'의 심정이랄까. 요즘엔 어딜 가든 원피스 코너만 집중해서 보면 되니 한결 간편하다. 돌이켜보면 난 쇼핑을 싫어한 게 아니라 불확실함에서 오는 불안, 짝을 찾지 못했을 때의 상실감을 싫어했던 것 같다. 심심하면 휴대폰을 밝히고 원피스의 세계를 여행하곤 한다. 어떤 분야의 전문가가 되려면 1만 시간이 필요하다던데. 정확히 측정해 보진 않았지만 원피스에 대해 궁리한 시간이 1만 시간쯤 되지 않았나 싶다. 어느 브랜드 어느 쇼핑몰에 가면 내가 찾는 원피스가 있는지 잘 안다. 누구보다 능숙하고 신속하게 나에게 어울리는 원피스를 찾아낼 자신도 있다.

내가 고르는 원피스들은 하나같이 키가 크다. 크고 단정한 옷깃을 가지고 있으며, 높은 확률로 손톱만한 꽃이 수놓아진 원단으로 만들어졌다. 길고 넉넉한 꽃무늬 치맛자락에 몸을 감추고 나면 행동이 자유로워진다. 태생이 보헤미안과 거리가 먼 나도 어쩐지 보헤미안 흉내를 낼 수 있게 된달까(참고로 보헤미안의 사전적 의미는 '속세의 관습이나 규율 따위를 무시하고 방랑하면서 자유분방한 삶을 사는 시인이나 예술가'입니다). 치렁치렁 긴 치맛자락을 팔랑이며 아무 데나 주저앉아 쉬곤 한다. 별것 아닌 것 같지만 다리가 굵어 보일까 배가 나와 보일까 걱정하지 않고 내게 편한 자세를 취할 수 있다는 데서 오는 해방감이 상당하다.

나의 원피스 취향은 "매일 같은 옷을 입는 게 아니냐" 혹은 "할머니 옷 같다(혹은 촌스럽다)"는 오해 아닌 오해를 받곤 하는데, 반은 맞고 반은 틀리다. 일단 나는 매일 다른 원피스를 입는다. 섬세한 사람들은 알아볼 것이다. 어제의 꽃무늬와 오늘의 꽃무늬는 종이 다르다는 것을. 오늘 입은 원피스는 어제보다 옷깃이 한 뼘쯤 더 넓다는 사실도.

그리고 할머니 옷 같다는 오해는 사실 반쯤 의도한 것이다. 할머니가 되어서 입어도 어색하지 않을 만큼 단정하고 우아한 원피스가 좋다. 촌스러운 듯 수수하고 평범한 것 같지만 막상 찾으려면 없는, 솥에서 삶은 여름 옥수수 같은 느낌이 바로 내가 노린 멋이다. 에디터라는 직업 특성상 자나 깨나 요즘 유행하는 것을 의식해야 하지만 옷을 고를 때만큼은 내 마음에서 유행인 디자인을 따른다.

누군가에게 잘 보이기 위해 옷을 입던 시절도 있었다.

상대방이 어떤 스타일의 옷을 좋아하는지 미리 조사한 뒤에 최대한 그의 취향에 근접한 옷을 찾아 입었다. 소개팅 상대가 오피스룩을 좋아한다고 하면 평소엔 입지 않는 펜슬 스커트를 일부러 사 입기도 했다. 그 시절의 나와 지금의 나를 비교하면 어느 쪽이 멋쟁이라는 평가를 받을지 모르겠다. 분명한 건 지금의 내가 훨씬 더 자연스럽고 또렷하다.

아끼는 원피스 몇 벌과 함께 곱게 늙고 싶다. 매해 여름 같은 원피스를 입고 싶다. 그래서 잠깐 가까웠다가 멀어진 사람들과 먼 훗날 우연히 다시 만났을 때 "너는 참 여전하네"라는 이야기를 듣고 싶다.

메뉴를
고르기 전에
우리가
하는 말들

좀스러운 사람으로 보이지 않기 위해 얼마나 애쓰는지 모른다. 속이 좁은 사람에겐 아무도 "얘 너 방금 그 행동 너무 별로였어"라고 솔직하게 말해주지 않으니(물론 그런 지적을 받아들일 만한 포용력 또한 없다). 끝없는 자기 검열과 타산지석식 공부를 통해 더듬더듬 멋있는 인간에 대해 익혀가는 수밖엔 없다. '아, 저런 상황에서 저런 행동을 하면 구려 보이는구나. 난 저러지 말아야지.' '방금 그 행동 되게 쪼잔해 보였겠다. 다음엔 그러지 말자.' 크고 작은 다짐을 반복하고 번복한 끝에 겨우 만든 것이 지금의 나다.

누군가와 함께 갈 식당을 고르거나 같이 먹을 음식을 고를 때는 부러 취향이 없는 척을 하기도 한다. 사실 나는 '아무거나'로는 만족하지 못하는 유형의 인간이지만, 음식에 관해서 이렇다 저렇다 까탈스럽게 구는 게 옹졸해 보인다고 생각하기 때문에 그냥 털털한 척을 해버린다. 내가 아는 멋있는 사람들은 모두 "함께 먹는 사람이 중요하지 무슨 음식을 먹는지는 중요하지 않다"고 이야기하니까.

그러다 보니 사람들과 약속을 잡는 게 밀린 일을 처리하는 것처럼 느껴질 때가 있다. 너에게도 나에게도 너무 멀지 않은 적당한 장소를 선별하고, 일정을 조정하고, 모두가 만족할 만한 메뉴를 고르다 보면 업무 미팅을 준비하는 기분이 되어 만나기도 전에 지레 지친다.

일단 나는 누가 "○○이 먹고 싶어"라고 말할 때까지 기다린다. 만약 그가 말한 식당이 내 취향이 아니더라도, 좋아하지 않는 음식이라도 그냥 상대에게 맞춘다. 의견 조율을 하며 괜한 스트레스를 받느니 식사의 만족도를 낮추는 쪽을 택하는 거다.

하지만 누가 숟가락을 먼저 드는지까지 눈에 불을 켜고

지켜보는 동방예의지국에서 자란 우리나라 사람들은 먹고 싶은 음식을 속 시원하게 말하는 법이 없다. 대신 이런 대화가 오간다.

"우리 오늘 뭐 먹을까?"

"나는 아무거나 다 괜찮은데. 너는 뭐 먹고 싶은 거 없어?"

우리는 거짓말을 하고 있다. 내가 말한 음식을 상대가 싫어하면 어쩌나. 싫은데도 내가 민망해할까 봐 참는 거면 어쩌나 싶어서. 아직 충분히 친해지지 못한 사이일수록 메뉴 선정은 늪으로 빠진다. '우선 만나서 정하기'로 한 순간 고픈 배 움켜쥐고 길거리 헤매기 30분 예약이다.

그래서 언젠가부터는 주관식이 아니라 객관식으로 묻는다(내가 경험한 한국 사람은 대체로 주관식에 약하다). 약속 장소 근처의 맛집을 검색해 리스트를 보낸다. 그중에 가장 가고 싶은 장소는 2번쯤에 슬쩍 끼워 넣고 절대로 말해주지 않는다.

5년 지기 술친구이자 현 직속 상사인 김신지와도 늘 후

자의 방식으로 메뉴를 정하곤 했다. 충분히 친하지 않아서라기보다는 둘 다 평균 이상으로 걱정이 많은 편이다. 그리고 2019년 여름 나는 선배의 뒤늦은 고백으로 큰 충격에 빠졌다.

"아니 그니까 선배 해산물을 못 먹는다고요? 그걸 왜 여태 말 안 했어요?"

"뭐 다들 해물 좋아하니까. 너무 비리지만 않으면 좋아하진 않아도 먹을 순 있어!"

그동안 마감 스트레스와 야근, 회식을 핑계로 함께 마신 맥주만 모아도 한 트럭이다. 과장이 아니라 마셨다 하면 한 사람당 3000cc는 기본으로 마셨으므로(물론 시작은 늘 "맥주 딱 한 잔씩만 간단히 마시고 헤어지자"임), 진짜 아쿠아리움 수조 하나를 채울 수 있을 정도는 될 거다. 그리고 우리의 술안주는 대체로 해산물이었다. 산낙지, 멍게, 해삼 같은 날것이 수북이 올려진 해산물 모둠은 유달리 자주 먹었다. 내 기억으론 해산물이 아닌 선택지도 늘 있었던 것 같은데. 우린 왜 항상 해산물을 먹었지? 나 때문인가. 내가 "고기 먹으면 배불러서 맥주 많이 못 마신다"고 떠들고 다닌

탓인가. 아, 선배는 그것까지 기억하고 배려하고 있었나. 미안하고 민망해서 괜히 목소리를 크게 냈다.

"선배! 그럼 날것을 아예 못 먹는 거예요?"

"응. 촌에서 태어나서 그런가봐. 어려서부터 안 먹어 버릇해서."

"그럼 반숙 달걀도 못 먹어요?"

"먹을 수는 있어!"

"거짓말!"

지난주 점심에 함께 먹은 (엄밀히 말하자면 함께 시킨) 수란이 올라간 피자가 떠올랐다. 정말이지 세심한 인간이 되는 길은 멀고도 멀다. 식사 메뉴를 정하기 어려울 땐 스트레스 받지 말고 객관식 보기를 줘보자고. 나 혼자 배려심이 한강물인 사람인 양 글을 쓰려고 했는데. 이제라도 진실을 알게 되어 천만다행이다. 아무것도 모르면서 잘난 척 가르치는 글은 딱 질색인데. 조금만 긴장을 놓아도 그런 글을 쓰게 된다.

앞으로는 친구들한테 뭐 먹고 싶냐고 물을 때는 못 먹는 음식이 뭔지도 같이 물어봐야겠다. 걔들이 평소에 맛있다고 한 음식들도 잘 기억해둬야지.

얄팍한 깨달음을 얻고 지나칠 뻔했던 메뉴 정하기 에피소드는 뜻밖의 생각할 거리를 남기게 된다. 그 일이 있고 나서 새롭게 정비된 리뉴얼에 따라 김수현에게 "오늘 뭐 먹을래?" 하고 물었는데 이런 대답이 돌아온 것이다.

"오늘은 너 먹고 싶은 거 먹자. 평양냉면 어때?"

"너 평양냉면 안 좋아하잖아."

"딱히 좋아하진 않지만 니가 좋아하니까 같이 먹어줄 순 있어."

좋아하진 않지만 상대방을 위해 먹을 순 있는 음식. 아, 맞다. 세상엔 그런 선택지도 있었지. 취향이니 배려니 잘난 척하던 내겐 없던 카테고리다. 그러고 보니 속 좁은 내가 새삼스레 생색을 내고 있는 사이, 내 친구들은 묵묵히 함께 먹는 사람을 배려해주는 선택을 하고 있었네. 나는 언제 어른이 될까. 갈 길이 멀다. 이번 주말엔 딱히 좋아하진 않지만 김수현이 좋아하는 음식을 만들어줘야겠다. 부대찌개랑 제육볶음. 맞나?

p.s. 이 글을 읽은 김신지가 항의했다. “사람들이 오해하면 어쩌죠! 저 잘 먹는 해산물도 있단 말이에요. 저랑 이제 해산물 안주 아무도 안 먹어주면 어떡해요.” 그리고 그와 함께 디테일한 가이드도 보내줬다.

• 잘 먹음

연어회, 방어회, 참치회 기타 등등 모든 회, 모든 조개, 오징어, 새우, 게, 갈치, 생선 구이

• 못 먹음

멍게, 해삼, 개불, 그 외 신기하고 낯선 해산물

• 먹을 순 있지만 안 즐김

우니(우니 미안), 전복회, 굴

허허. 또 하나 배웠네. 이번 기회에 절친들에게 식성표를 돌려 봐야겠다.

인생은 원래 장비'빨'이야

"도대체 뭐가 들었길래 이렇게 무거워요?"

내 가방을 잠시 건네받은 사람 열에 아홉은 그 무게에 놀란다. 언제나 나는 보따리장수처럼 너무 많은 짐을 지고 다닌다. 물건으로 가득 차 앞뒤로 불룩해진 천 가방에는 이런 것들이 들어 있다.

짙은 밤색 가죽 커버로 감싼 일기장과 읽을 책 조금(조금이라고 표현했지만 보통 두 권 이상이다. 독서에도 단짠단짠의 법칙이 적용되는지 에세이를 읽다 보면 소설이 읽고 싶어지고, 소설을 읽고 나면 시가 당긴다). 그리고 뜻밖의 여유 시간이 생길 것을 대비한 태블릿 PC(텍스트 노동자에게는 늘 마감하지 못한 원고가 있다). 여기에 필름 카메라나 마실거리 정도가 옵션으로 추가된다. 따로 무게를 재보진 않았지만 적어도 3킬로그램은 넘을 게 분명하다.

TPO라고 하던가. 멋쟁이들은 가방도 상황과 장소에 맞게 바꿔 든다던데. 나는 매일 같은 가방만 멘다. 출근할 때도 산책할 때도 여행을 떠날 때도. 잡동사니로 가득 찬 천 가방을 고집한다.

사실 내 가방에 든 물건 대부분은 글을 쓰기 위한 도구들이다. 더 정확히 말하면 글 쓰는 사람처럼 보이기 위한 물건들. 쓸데없이 무겁고 비싼, 실용성이라곤 없는 것들. 기껏 가지고 나가서 막상 가방 밖으로 꺼내지 않는 물건도 많다. 그래도 일단 몽땅 가지고 다녀야 안심이 된다.

"글 쓰는 김혜원입니다"라고 나 자신을 소개할 수 있기를 오랫동안 꿈꿔왔다. 이제껏 나는 '어떤 선택을 하면 글 쓰는 사람이라는 정체성을 유지할 수 있는가'를 기준으로 인생의 방향을 정해왔다. 문예창작학과에 진학했던 것도,

잡지사 에디터가 됐던 것도, 저녁 있는 삶과 주말을 자진 반납해가며 기어코 책을 냈던 것도(전국의 n잡러 분들 존경합니다). 모두 글 쓰는 사람으로 살고 싶어서였다.

그러나 매 순간 나는 조금씩 부족했다. 스무 살 때부터 꾸준히 글을 써왔지만, 혼자 일기를 끄적이는 수준이었으므로 어디 가서 당당하게 "글을 쓰고 있다"고 말하진 못했다. 적어도 글로 밥벌이는 해야 글 쓰는 사람으로 불릴 만한 자격이 생길 것 같았다. 우여곡절 끝에 잡지사 에디터가 됐지만 안타깝게도 직업 정체성을 '글 쓰는 사람'으로 규정하진 못했다. 매주 적지 않은 분량의 기사를 써내긴 했다. 다만 온전히 내 이야기를 담은 내 글이 아니었으므로 글을 쓰며 산다는 생각이 들지는 않았다. 에디터 5년차, 드디어 내 이름이 적힌 책을 대형 서점에서 팔게 됐을 때도 상황은 여전히 비슷했다. 무명작가는 스스로에게조차 의심을 샀다. 잠깐 존재했다가 잊힌 책(보통 한 달이면 매대에서 사라진다) 몇 권 낸 사람을 작가라고 부르는 게 맞나. 베스트셀러 정도는 돼야 작가라고 불릴 수 있는 게 아닐까.

창작자로서 가장 괴로운 순간은 내가 만든 작품이 그저 그렇다는 걸 스스로 깨닫는 때라고 한다. 내가 가진 능력이 너무 보잘것없어서. 내 작품을 알아봐주지 않는 세상이 야속해서. 뽀시래기 창작자는 자주 외로웠다. 가끔 회의감이 큰 파도처럼 밀려와 마음이 멀리까지 떠내려가기도 했다. 무슨 부귀영화를 누리자고 잠도 못 자고 스트레스만 왕창 받아가며 사서 고생을 하나. 아무도 내 글을 원하지 않고, 돈도 별로 못 벌고 힘들기만 한데. 그냥 다 때려치우고 회사나 열심히 다니는 게 현명하지 않나. 글을 계속 써야 할 명분이 없어서 속이 쓰린 밤이 지속적으로 반복됐다.

글쓰기를 포기하고 싶은 순간마다 꺼내 보는 노트가 하나 있다. 그 노트를 손에 넣은 건 10년 전, 꼭 가고 싶었던 잡지사 면접을 시원하게 말아 먹은 이십 대의 어느 날이었다. 한껏 초라해진 채로 친척 언니를 만났다. 마침 약속 장소는 광화문 교보문고였다. 웃지도 울지도 못하는 내 손을 잡고 언니는 문구 코너로 갔다. 그리고 고흐와 헤밍웨이가 애용했다는 고급 노트 앞에 나를 세웠다.

"마음 변하기 전에 얼른 하나 골라. 언니가 쏜다."

취준생 생활비로는 엄두를 내기 힘든 비싼 노트였다. 나는 잠시 기뻐하다가 이내 고개를 저었다.

"내 주제에 무슨 몰스킨이야. 나중에 진짜 글 쓰는 사람 되면 그때 사줘."

"야! 그러면 지금은 가짜 글 쓰는 사람이냐? 인생은 장비'빨'이야. 좋은 장비가 있어야 좋은 글을 쓰지. 일단 사."

그날 언니가 사 준 빨간 노트를 일종의 증표처럼 간직하고 있다. 나는 여전히 아무것도 아니었으나 좋은 노트에 손글씨로 날마다 일기를 쓰는 보기 드문 사람이었다. 유치하지만 그 자부심으로 누추한 현실을 견딜 수 있었다.

옛말에 '실력 없는 목수가 연장 탓한다'는 말이 있고, 어차피 실력 없는 목수로 살 운명이라면 스스로에게 좋은 연장이라도 선물하며 살자는 게 나의 입장이다. 물론 진짜 실력자는 이면지 위에 판촉물 볼펜으로 휘갈겨도 좋은 글을 쓸 것이다. 하지만 나에겐 좋은 연장을 쓴다는 자부심이라도 필요하니까. 아무리 생활비가 쪼들려도 글을 쓰기 위한 도구, 그러니까 노트나 책을 사는 데에는 돈을 아끼지 않는다. 손으로 만져지는 근사한 무언가가 있으니 어쩐지 '글 쓰는 삶'에 닿은 것 같은 착각이 들기도 한다.

글을 쓸 때의 나는 다소 유난을 떠는 편이다. 일기는 문구 브랜드 미도리에서 나오는 여행자 노트에 모나미 153으로만 쓴다. 독서는 종이책으로만 하고 밑줄 그을 용도로 쓰는 굵은 연필을 따로 챙겨 다닌다. 회사에서 지급한 노트북은 회사 업무를 처리할 때만 쓰고 싶어서, 오직 에세이를 쓰기 위한 태블릿 PC와 타자기까지 따로 샀다. 1년에 한두 번 글을 쓴다는 명목으로 혼자 여행을 떠나기도 한다.

시답잖은 글 좀 쓰면서 이 야단을 피우는 게 남들 눈엔 우스워 보이려나. 예술가 코스프레 하는 어린애라고 무시하려나. 속으로 혼자 섀도복싱을 하다가 스스로를 설득한다.

'이건 생활인에서 글 쓰는 삶으로 넘어가는 나만의 의식 같은 거다. 뻔시래기 창작자를 자괴감으로부터 지켜줄 연장이다.'

그러고 나서 나에겐 과분한 장비로 누구보다 진지하게 글을 쓴다. 어떤 결과물이 나올지는 그다음의 문제다. 어쨌거나 쓰는 삶을 지속한다는 것이 중요하다.

이번 생에 가능한 낭만

'첫 자취방'이란 단어를 들으면 어떤 사람들은 사연 있는 사람처럼 쓸쓸한 표정을 짓는다. 나 또한 응암동에만 가면 첫사랑을 다시 만난 것처럼 싱숭생숭해진다. 독립한 뒤 그 동네에서 꼬박 5년을 살았다. 태어난 곳은 인천이지만 어른이 된 곳은 서울 은평구 응암동이다.

모든 첫사랑이 그렇듯 나의 첫 자취방은 그야말로 엉망진창이었다. 내가 살았던 원룸 근처를 지날 때마다 할머니처럼 했던 이야기를 하고 또 한다. 여기 살 때 진짜 힘들었는데.

돌이켜보면 겨울이 무섭고 싫어진 것도 첫 자취방의 영향이 크다. '신축'이라는 이름이 붙은 그 건물은 나와 비슷한 뜨내기를 홀리기 위해 속성으로 지은 모래성 같았다. 가구와 벽지는 새것이라 겉보기엔 그럴싸해 보였지만 가장 중요한 집의 기능을 못했다. 기온이 떨어지기만 하면 이불이 자꾸 젖어서 왜 그런가 이유를 찾아보았더니 벽에서 물이 흐르고 있었다. 단열 공사를 허술하게 한 탓에 찬 공기가 곧장 벽으로 스며들었고, 방 안과 밖의 온도 차이 때문에 벽에 물이 맺히는 거였다. 침대를 치워보니 벽면은 이미 곰팡이로 뒤덮여 있었다.

부모님과 함께 살았을 땐 이런 상황에서 주저앉아 울면 그만이었다. 내가 울고 있는 동안 문제는 부모님이 해결해 주셨다. 이젠 모든 것을 나 혼자 헤쳐 나가야 한다. 그렇게 생각하니 씩씩해지지 않을 수 없었다. 방 한가운데로 침대를 옮기고 물에 푼 락스를 벽에 발라 곰팡이 자국을 지웠다. 며칠이 지나도 방에서 락스 냄새가 빠지지 않아서 한동안 문을 열어둔 채로 지내야 했는데 옷이란 옷은 다 껴입어도 추워서 쉽게 잠들 수 없었다. 방 한가운데 놓인 침대에서 밤새도록 웅크려 있다 보면 순간 이 모든 불행이 비현실적으로 느껴지기도 했다. 미셸 공드리 영화였다면 침대 타고 어디로든 날아갔을 텐데. 도망가 버렸을 텐데. 사는 게 참 쉽지 않다는 것. 능력에 비해 내게 주어진 인생의 난이도가 너무 높다는 것. 그 당연한 사실을 인정하지 못해 자주 울던 시절이었다.

여기까지 이야기하고 나니, 게스트에게 독설을 퍼붓기로 유명한 진행자의 단골 멘트가 음성 지원되어 들리는 듯하다. "이 바닥에 그 정도 고생 안 해본 사람이 어딨어. 다른 얘기 없어요? 좀 신선한 얘기를 하란 말이야!"

그렇다면 이런 얘긴 어떨까. 2020년 2월. 전 세계에 전염병이 창궐한 봄. 정부의 방역 지침에 성실히 응하며 사회적 거리 두기를 누구보다 잘 실천하던 우리 집에 불행이 노크를 했다. 집에 문제가 생겼다는 연락이었다.

솔직히 그 말을 듣고 오리발을 내밀고 싶은 마음이 먼저 들었다. 주거지에 발생하는 물리적인 문제(이를테면 누수, 결로, 동파, 보일러 고장 같은 것)가 한 사람의 자존감을 얼마나 손쉽게 무너뜨릴 수 있는지 이미 잘 알고 있기에 더 절망스러웠던 것 같다. 내가 입을 꾹 다문 채 묵비권을 행사하는 사이 김수현이 의연한 목소리로 조만간 기술자를 불러 해결하겠다고, 상황을 정리했다.

어른의 삶에는 이따금 견딜 수 없이 억울한 일이 생기기도 한다. 내 잘못이 아닌데도 책임은 내가 져야 하는 상황은 이전에도 있었다. 그러니 이번에도 받아들이는 수밖에 없는 거겠지. 이십 대를 벗어나서 가장 좋은 점은 이미 겪어본 불행이 많아졌다는 것이다. 다시 말해 당장 해결할 수 없는 일에 힘 빼는 일이 줄었다. 그러고 보면 포기와 인정이 영 나쁜 것만은 아니다.

우리의 첫 집(방 말고 집은 처음이니)은 예상보다 훨씬 더 심각한 상태였다. 적어도 두 달은 공사를 진행해야 했다. 졸지에 오갈 데 없는 신세가 되어 방황하게 된 것이다.

"아, 이번엔 진짜 망했다. 온 나라가 난린데 이 시국에 집도 없이 어디서 어떻게 지내. 이러다 우리 코로나까지 걸리면 어떻게 해." 절규하는 내게 김수현은 웃으며(힘들 때

웃는 자. 그는 일류다) 말했다.

"꼭 그렇지만도 않아. 우리 이번 기회에 에어비앤비 빌려서 너 좋아하는 동네에 살아볼까? 왜 집값 비싼 동네 있잖아. 연남동이나 서촌이나. 기왕 이렇게 된 거 한 달 살기 한다고 생각하자."

그 말을 들은 당시엔 "지금이 장난칠 상황이냐"고 날 선 대답을 했지만, 따지고 보면 영 틀린 말도 아니었다. 어차피 일이 이렇게 된 거. 죽을상을 하고 지내느니 이 또한 여행이라 정신 승리 하는 편이 현명했다. 로또나 연금복권에 당첨되지 않는 이상 내가 언제 또 연남동에 살아보겠어. 그렇게 생각하니 (해결된 것 없지만) 마음만은 한결 편해졌고, 나는 눈앞에 닥친 그 어떤 일보다 두 달 동안 지낼 동네와 집을 고르는 데 열중하기 시작했다. 공사비와 생활비를 제하고 나니 숙박비로 쓸 돈은 정말 조금밖에 남지 않아서, 잠을 줄여가며 값이 저렴하면서도 깨끗하고 산책하기 좋은 동네에 위치한 집을 찾아 헤맸다.

'겨우 두 달 임시로 지내는 집을 뭘 이렇게 공들여 고르고 있냐. 그것보다 중요한 일이 산더미처럼 쌓여 있는데!'

마음속 새도복서가 셀프 디스를 해도 이번만은 꿋꿋했다. '지금은 무엇보다 내 마음이 괜찮은 게 제일 중요해.' 경험상 온 우주가 힘을 모아 내 인생을 망치려고 할 때는 쓸데없는 일을 해야 한다. 너무 하찮아서 아무도 신경 쓰지 않은 일을 혼자 열심히 한 뒤에 '나는 정말 대단하다'고 대충 우겨야 한다. 그렇게라도 자존감을 유지해야 그 엿 같은 시기를 그럭저럭 건너갈 수 있다.

그렇게 찾은 우리의 임시 거처는 연남동 반지하 집이었다. 해가 중천에 떠도 햇빛 한 줌 들지 않고, 2분에 한 번씩 개미가 나타나고, 샤워하고 있으면 창문 밖에서 담배 피우는 사람들 목소리가 들리는 집에서 한 계절을 보냈다. 낮엔 회사 일을 하고 밤엔 집수리를 했다. 그 와중에 코로나 블루도 이겨내고, 책도 쓰고, 새 미디어 런칭까지 했다. 인생에 다시 없을(혹은 없어야 할) 지독한 봄이었다.

재밌는 건 그 와중에 어떤 때보다 부지런하게 일상의 빈틈을 채웠다는 거다. 꽃과 책. 요리와 산책. 운동과 쇼핑. 그동안은 내 처지에 사치인 듯싶어 망설였던 것들을 거침

없이 삶으로 들였다. 아침 일찍 일어나 먼 곳에 있는 빵집까지 산책하고(가까운 곳에 빵집이 있는데도 굳이 왕복 40분을 걸어 좋아하는 가게까지 갔다), 라일락을 구해보겠다고 식사도 거른 채 주변의 꽃집이란 꽃집은 다 헤매고 다니고, 3개월 할부로 비싼 봄 원피스를 질렀던 일을 기억한다. 아직도 사진첩엔 지난봄의 사치스러웠던 순간들이 또렷하게 남아 있다. 임시 거처의 조악한 식탁 위에 놓아둔 꽃을 예쁘게 찍어보겠다고 카메라 앵글을 이리저리 돌려보던 내게 김수현은 말했다. "이런 상황에서도 우린 인스타 각도를 찾네."

이번 생에서 가능한 낭만에 대해 생각한다. 벽에 물이 흐르는 방에서 겨우 탈출해 온갖 고장의 위험이 도처에 도사리는 낡은 아파트로. 2분에 한 번씩 개미가 나타나는 반지하 방으로 이동하는 인생에 필요한 사치를 떠올려본다. 엿 같은 상황을 그럭저럭 버티게 해줬던 것은 거창한 계획이나 미래를 위한 투자가 아니라, 굳이 먼 곳까지 걸어가서 사 먹은 맛있는 롤빵이었음을. 가급적 잊지 않으려고 한다.

사랑 빼고
다 하는
나의
단골 가게들

"저는 요즘 동선 통제 가능한 사람 아니면 겸상 안 해요."

농담처럼 말하지만 코로나 덕분에 인간관계가 의도치 않게 단출해진 건 사실이다. 재택근무 모드에 돌입한 지 수개월째. 회사에서 안전을 위해 배려해준 만큼 민폐를 끼치고 싶지 않아서 정말 최소한의 사람만 만난다.

대구에 계신 아버님 생일 파티도 영상 통화로 대신했다. "상황이 이럴 때는 그냥 넘어가도 된다"라고 먼저 말을 꺼내주신 덕분이다. 별일 없이 만나던 술친구들을 못 본 지도 오래됐다. 이젠 "거리 두기 완화되면 만나자"라고 말하기도 민망해서 먼저 연락도 잘 안 하게 된다. 가벼운 만남에 이토록 많은 위험을 무릅쓰게 될 줄은 정말 몰랐다. 좋아하는 사람들을 못 만나서 외롭지만, 사랑이 사치인 시대가 기어코 오고 말았기 때문에 어쩔 수 없다.

원치 않는 가지치기를 당해 앙상해진 인간관계에서 마지막까지 남은 이들은 의외의 인물들이었다. 남편과 회사 사람들을 제외하고 가장 최근에 소통한 사람은 단골 미용실 실장님, 세탁소 사장님, 그리고 반찬집 사장님이다.

강의 북쪽으로 이사 온 지 5년째. 어딘가에 '정착'했다고 감각한 건 이 동네가 처음인데, 그중 8할은 단골 가게들 덕분이다. 그들이 사라지면 나는 다시 방황해야 한다. 내 생활을 믿고 맡길 누군가를 찾아서 헤매는 일을 상상하는 것만으로도 깊은 피로감이 몰려온다.

그들을 사랑하진 않지만 그들이 없으면 내 생활엔 커다란 구멍이 생긴다. 나는 그들을 믿는다. 그들에게 고마워하고 그들이 오래오래 내 곁을 떠나지 않기를 소망한다. 이쯤 되면 사랑 빼고 다 하는 셈이 된다.

감사

○ ○ ○

매일 집에서 밥을 지어 먹을 여유는 없지만, 집밥은 먹고 싶은 나는 일주일에 서너 번 반찬을 배달시켜 먹는다. 어떤 가게를 선택할지, 내가 고른 곳이 리뷰 이벤트로 별점을 조작한 곳은 아닐지, 기껏 고른 메뉴가 입에 안 맞는 건 아닐지, 배달이 너무 늦어지는 건 아닐지. 걱정할 필요는 없다. 그냥 늘 시키던 곳에서 늘 먹던 메뉴를 고르면 된다. 이젠 이 집 반찬이 엄마 밥보다 더 익숙해질 지경이다. 자극적인 음식을 먹고 나면 속이 더부룩해서 일하는 데 방해가 되기 때문에 마감해야 할 원고가 쌓여 있는 주간에는 반찬집 음식으로만 끼니를 해결한다. 감사 인사는 배달 앱 리뷰를 통해 전한다.

"사장님 오늘도 덕분에 속 편하고 든든하게 식사 잘 해결했어요. 오래오래 저희 동네에서 장사해주세요."

얼굴 한 번 본 적 없지만 성실하고 정직한 성품을 가진 것이 분명한 사장님이 비슷한 듯 매번 다른 답변을 달아주신다.

"항상 맛있게 드셔 주어서 감사드립니다!! 앞으로도 맛있는 음식 만들도록 노력하겠습니다. 다음에 또 찾아주시길 기다리겠습니다. 좋은 하루 되세요♥"

믿음

○ ○ ○

칠칠치 못한 탓에 식사 도중 반찬을 떨어뜨려 옷에 얼룩이 생기는 사고가 종종 일어난다. 그럴 때마다 엄마나 선생님을 찾는 심정으로 세탁소 사장님에게 달려간다. 세탁소 특유의 석유 냄새 섞인 탁하고 따듯한 공기가 얼굴에 닿으면 어쩐지 안심부터 된다. "603호죠? 놓고 가요. 일단 하는 데까진 해볼게요." 세탁소 사장님은 기억력이 아주 좋으시다. 모자를 눌러 쓰거나 마스크로 얼굴을 다 가려도 거뜬히 알아보신다. 우리 아파트에 오백 세대가 넘게 산다는데 그 많은 사람을 어떻게 다 기억하시는 건지.

긴급 상황을 제외하고는 계절이 바뀔 때만 세탁소에 가기 때문에 우리는 대체로 날씨 이야기를 한다.

"이번 주말엔 벚꽃이 만개할 것 같아. 시간 되면 우이천도 한번 가봐요. 거기가 나 사는 동넨데 벌써 벚꽃 많이 피었어. 여기서 가까워. 이 동네는 가지치기를 쓸데없이 잔뜩 해놔서 나무들이 볼품이 없잖아."

언제부턴가 사장님은 날씨 이야기만 하고, 내가 누구인지 어떤 옷을 몇 벌 맡겼는지 메모조차 하지 않으신다. 나 또한 굳이 요청사항을 남기지 않고 하던 대화만 적당히 마무리한 뒤 집으로 돌아간다. 그래도 별로 걱정이 되지 않는다. 그가 나를 기억할 것이라는 믿음, 내 옷을 반듯하게 세탁해 돌려줄 거라는 믿음이 있기 때문이다.

소망

갈색 머리로 지낸 지 8년쯤 되었다. 이쯤 되면 눈치껏 갈색 털이 날 법도 한데. 매달 검은 뿌리가 1센티미터씩 꼬박꼬박 자라나는 탓에 두 달에 한 번은 미용실에 들러 뿌리염색을 해야 한다. 마음먹으면 두 달 이상도 버틸 수 있지만 억지로 보기 싫음을 참진 않는다.

언젠가 내가 직장을 그만둔다면 포기해야 할 것들을 공책에 적어본 적이 있다. 뿌리염색도 그중 하나였다. 수입이 불안정한 상태에서 머리에 몇만 원을 쓸 배짱은 없다. 그러니 내게 '검은 부분 하나 없이 말끔하게 정리된 갈색 긴 머리'는 일종의 상 같은 거다. 매일 일을 하는 사람만이 누릴 수 있는 사치랄까. 내키면 기분 전환 삼아 염색이나 파마를 할 수 있는 어른으로 살 수 있다는 사실이 직장 생활의 구질구질함을 견디게 해준다.

특별한 의미를 두는 것과는 별개로 미용실에 가는 일은 항상 적지 않은 스트레스를 동반했다. 눌변인 데다 원하는 것을 분명하게 설명하지 못하는 탓에 미용사 선생님들만 만나면 괜히 주눅이 들었기 때문이다. 그간 여러 미용실을 찾아다녔지만, 다음에 내 머리를 또 맡기고 싶은 사람은 없었다. 여긴 나랑 상의도 없이 마음대로 머리를 댕강 잘라버려서 탈락. 저긴 갈 때마다 머릿결 나쁘다고 윽박질러서 탈락. 혼자서 이별 통보를 한 곳만 해도 한 트럭은 될 테다(물론 앞에선 한마디도 못했다).

5년 전, 지금 다니는 미용실 실장님을 처음 만난 날이 선명하게 기억난다. 기대하지 않은 소개팅에 이상형이 나온 것처럼 기뻤다. 실장님은 날카로운 질문 두어 개를 통해 내가 원하는 시술을 정확히 파악했고(물론 나는 언제나처럼 우물거렸다), 내 머리카락 상태를 진단한 뒤 현재 상태에서 가능한 최선의 방법을 제안했다. 짧은 대화만으로 알 수 있었다. 이 사람은 전문가다! 믿어도 된다! 과연 그가 만든 결과물은 내 마음에 쏙 들었고, 그 후로 쭉 실장님에게'만' 머리를 맡기고 있다. 사람 마음이 다 같은지 유독 인기가 많으셔서 예약해두지 않으면 실장님을 만나기 힘들다.

파마를 하려고 미용실에 간 날. 아직 때가 아니라고, 머리 말릴 때 조금만 신경 써도 이렇게 컬이 다시 살아난다며 드라이하는 방법만 실컷 알려주고 제 발로 찾아온 손님을 그대로 돌려보내는 실장님에게 나는 말했다. "실장님 여기서 오래오래 일하셔야 해요. 다른 미용실로 옮기게 되면 꼭 저한테 말해주고 떠나셔야 해요. 꼭이요!"

글로 써놓고 보니 우리 동네 단골 가게의 전문가 선생

님들이 나에게 얼마나 중요한 사람들인지 새삼 와 닿는다. 이름을 불러주는 이, 친구 하나 없는 동네지만 언제나 그 자리에서 내게 꼭 필요한 것을 내어주는 단골 가게가 있어서 덜 외롭다.

이십 대엔 감정을 교류할 사람을 찾고 유지하는 데 정말 많은 에너지를 소비했다. 모임에 나가고, 고민을 나누고, 이따금 위로나 상처를 주고받았다. 친구를 만드는 일이 무엇보다 중요한 시기였다. 그런 시절을 지나 요즘은 내 인생의 인프라가 되어줄 사람들에 대해 좀 더 자주 생각한다. 생활의 일부를 믿고 맡겨도 괜찮을 만큼 신뢰하는 사람의 소중함을 틈틈이 되새긴다. 타인과 감정을 나누는 일만큼이나 일상을 안정적으로 유지하는 일도 중요하다는 걸 이제는 알기 때문이다.

5

심심함을 견디는 연습

그 시절 나는 뭔가 괴로운데 정확한 원인을 찾지 못해서 조급해져 있었다. 내가 뭘 좋아하는지 싫어하는지도 헷갈리고, 사람들이 날 오해하는 것 같은데 막상 진짜 내 모습이 뭔지 나도 모르겠고. 급기야 '나는 누구인가' 상태에 도달해 삶의 의미를 찾으며 시름시름 앓았다. 내가 생각하는 나와, 타인이 생각하는 나, 그리고 진짜 나 사이의 괴리가 좁혀지지 않는 삼각형의 꼭짓점 같았다.

○
○
○

내가 알던
나는
유통기한이
지났어

심리 테스트를 좋아한다. MBTI처럼 유명한 검사는 물론이고, 성인 애착 유형 검사, 직업 심리 검사 등 출처가 불분명한 테스트도 보이는 족족 해본다. 재밌는 게 있으면 메신저 단체방에 공유하기도 한다.

경험상 심리 테스트를 받아들이는 태도는 크게 두 유형으로 나뉜다. 테스트에 적극적으로 응하고 결과에 수긍하는 유형과 테스트의 신뢰성에 대해 근원적인 의문을 제기하는 유형. 내 주변엔 압도적으로 전자가 많은 편인데, 재밌는 건 다섯 사람 중 한 사람씩은 꼭 후자가 껴 있다는 점이다.

"나는 D 타입인데 너는 뭐 나왔어?"

"C 타입. 이거 근데 좀 잘 맞는 것 같아. 호호."

네 사람이 신나게 떠들고 있으면 조심스레 등장해 "질문이 다 이상한데? '나는 때때로 혼자 있고 싶다' 세상에 안 그런 사람도 있나? 너무 '답정너' 아닌가?" 딴지를 거는 식이다. 대부분의 경우 매우 합당한 지적이라서 "그러고 보니 그렇네" 하고 싱겁게 대화가 종료되곤 한다.

솔직히 틀린 말은 아니다. 심리 테스트를 구성하는 질문은 인간을 유형화하기 위한 의도로 설계된 것이니까. 그리고 나부터도 무엇을 선택하면 어떤 결과가 나올지 슬쩍 의식하며 답변을 고른다. 가끔 '매우 그렇다'와 '전혀 그렇지 않다' 사이를 누비다 보면, 이게 심리 테스트가 아니라 정답을 맞추기 위한 문제 풀이 같기도 하다. 모든 답변의 밑바탕에 '나는 ○○한 사람이다'라는 각자의 자기암시가 깔려 있고 그에 맞춰 문제를 푼달까. 덕분에 테스트가 바뀌어도 나오는 결과는 늘 비슷하다.

그런 하나 마나 한 뻔한 걸 왜 하느냐면 뻔한 답을 원하기 때문이다. 나의 경우, 테스트의 결과가 평소 생각했던 내 모습과 일치할 때 일종의 안도감을 느낀다. 과거 '대2병'을 혹독하게 겪으며 '나를 모른다'는 것의 무서움을 사무치게 실감했던 까닭이다. 그 시절 나는 뭔가 괴로운데 정확한 원인을 찾지 못해 조급해져 있었다. 내가 뭘 좋아하는지 싫어하는지도 헷갈리고, 사람들이 날 오해하는 것 같은데 막상 진짜 내 모습이 뭔지 나도 모르겠고. 급기야 '나는 누구인가' 상태에 도달해 삶의 의미를 찾으며 시름시름 앓았다. 내가 생각하는 나와, 타인이 생각하는 나, 그리고 진짜 나 사이의 괴리가 좁혀지지 않는 삼각형의 꼭짓점 같았다.

그래서 그 지독한 삼각형에서 가까스로 벗어난 후에는 습관적으로 스스로를 규정해왔다. 다시 모호해질까 두려웠기 때문에 이미 찾은 답 바깥으로는 절대 나가지 않았다. '나는 낯을 가리는 사람이니까 새로운 만남은 되도록 피해야지. 난 운동 신경이 없어서 운동하면 스트레스를 받아.' 나를 제일 잘 아는 건 나라고 믿었기에 나름의 방어기제를 발휘한 셈이다. 심리 테스트의 결과가 예상에 적중할 때의 안도감도 비슷한 맥락에서 해석할 수 있다. 확인받고 싶었다. 적어도 나는 나를 잘 알고 있다는 사실을.

대2병도 지났고 이젠 나에 대해서는 알 만큼 안다고 자만했었는데. 늘 그래 왔듯 방심한 순간에 의외의 복병을 만나게 된다(이제 와 밝히자면 중요한 순간에 인생을 띄엄띄엄 보는 안 좋은 버릇이 있다).

최근에 '나답지 않게 왜 이러지?' 싶은 일들이 꽤 있었다. 낯가리는 줄 알았는데 언젠가부터 사람 만나는 걸 은근히 즐기고 있다거나. 평화주의자인 줄 알았는데 어느새 싸움꾼이 다 되어 있다거나.

30년을 넘게 살았는데 나는 왜 아직도 나를 모를까. 뇌의학자 나흥식 교수님은 한 칼럼에 이런 글을 쓴 적이 있다.

1년이 지나면 우리 몸을 구성하는 거의 모든 성분은 새것으로 바뀝니다. 가장 빠르게 바뀌는 장기 중 하나인 피부의 표피세포는 수명이 28일입니다. 즉, 한 달 전에 있었던 내 몸의 피부 세포는 모두 사라지고, 완전히 새로운 피부세포가 들어선 것이죠. 이쯤에서 질문이 떠오릅니다.

한 달 전의 나는 지금의 나일까요? (중략) 1년 전의 나는 지금의 나일까요? 생각에 따라서는 모습만 비슷할 뿐이지, 완전히 다른 성분을 가진 생명체일 수도 있기에 하는 말입니다.

그렇구나. 사람은 죽을 때까지 계속 변하는구나. 몸도 마음도 매일매일 새로워지는구나. 나는 새삼 깨닫는다. 그러고 보니 대학교 철학 교양 수업에서 비슷한 내용을 배운 것도 같다.

존재의 본질를 내 방식대로 풀이해볼까.

자아는 한 번 찾으면 영원히 변하지 않는 보석이라고 생각했지만, 영원은 개뿔. 실은 움직이는 구름이었던 거다. 10분 이상 하늘을 본 적이 있는 사람이라면 알 텐데, 구름은 의외로 빠르게 움직인다. 마찬가지로 자아를 찾았다고 자만하고 스스로에게 무관심해진 사이에도 나는 매순간 변하고 있었을 테다. 아, 그래서 다시 혼란스러워졌구나. 몇 년 전에 잡아 상자 속에 고이 넣어둔 자아로 오늘을 설명하려니 당연히 잘 안 풀리지. 그거 유통기한 지난 지가 언젠데.

그래서 이 글은 내 플레이리스트에서 밴드 ○.○.○.의 곡 '나는 왜'가 역주행했음을 밝히며 마칠까 한다. 다음과 같은 구절, "나는 누구인가 끝없이 물어봐도 대답은 오질 않아"로 시작하는 탓에 친구들에게 "네 나이가 낼모레 반 칠십인데 그런 고민할 나이는 지나지 않았냐"는 핀잔을 듣기도 했던 곡이다. 그렇지만 누가 뭐래도 지금 내게 와 닿는 노랜 이거다.

아마도 마흔에도 비슷한 주제의 노래가 있어야 할 것 같다. 나는 장담과 번복이 잦은 유형의 인간이니까. 지속적인 셀프 캐릭터 해석이 꼭 필요하다. 어쩌면 내게 정말 필요했던 건, 한순간의 거창한 깨달음이 아니라 꾸준한 고민이었는지도.

셀프
메이드
백과사전

- 나를 데리고 '잘' 살기 위해 알아둬야 하는 디테일들

SNS를 보다가 주문하는 게 무서워서 S 샌드위치 전문점에 못 간다는 사연을 봤다. 참고로 S 브랜드는 빵부터 안에 들어가는 재료, 소스까지 손님이 직접 골라야 하는 곳으로, 매장에 가면 여러 가지 질문을 받게 된다. "빵 종류는 네 가지 있는데 뭐로 하시겠어요? 빵은 구워드릴까요? 그냥 드릴까요? 채소는 어떻게 넣어드릴까요? 더 추가하실 재료 있으세요?" 등등. 그 사연에 대한 반응은 대체로, '고작 샌드위치 주문하는 것도 무서워하면서 세상을 어떻게 살아갈 거냐'는 비아냥이었다.

하지만 나는 어쩐지 주문이 무섭다는 글쓴이에게 감정이입이 됐다. 한때 내게도 비슷한 의식의 흐름에 따라 적극적으로 소비하지 않는 품목들이 있었기 때문이다. 대표적으로 커피, 와인, 향수, 재즈가 있다. 지금은 아니지만 예전엔 드립 커피 메뉴가 있으면 일단 긴장부터 했었다. "난 커피 잘 몰라서. 그냥 아메리카노 마실게"라고 이야기할 때(사실 나도 드립 커피 좋아한다. 안 신 거!). 어떤 와인을 좋아하냐고 묻는 상대에게 "와인은 잘 모르니 나는 신경 쓰지 말라"고 답할 때(레드보단 화이트가 더 취향이긴 하다. 좋은 와인에 대한 개념이 없을 뿐). 취향 있는 라이프스타일을 지향(만)하는 사람으로서 얼마나 모양이 빠지던지.

가끔 운 좋게 내 입맛에 딱 맞는 커피나 분위기를 바꾸어놓을 만큼 근사한 재즈곡을 발견하기도 했지만, 좋음의 감각은 대체로 순식간에 지나갔고 선택의 순간이 되면 나는 또 "이건 내가 잘 모르는 거라. 알아서 잘 선택해줘"의 입장을 취하곤 했다.

문제는 내가 잘 모르는 주제에 취향은 까탈스러운 인간이라 남이 골라준 것엔 만족을 못한다는 거다. '아, 그때 진짜 맘에 들었던 것 있었는데. 뭐였는지 기억이 안 나네.' 속으로 이런 생각을 하면서 아쉬워할 때가 많았다.

생각해보면 나는 뭔가를 소비하는 순간뿐만 아니라 매사에 그런 식이었다. 경험이 기껏 가르쳐놓은 삶의 노하우를 한 귀로 듣고 한 귀로 흘렸다. 우연히 닿은 좋은 걸 내 것으로 만들지 못하고, 나쁜 선택을 반복하다 보니 삶은 늘 제자리걸음이었다. 전에 시켰을 때 입에 맞지 않았던 메뉴를 또 시키고, 만나고 나면 매번 마음이 가난해지는 모임에 계속 나가고, 몸을 아프게 하는 습관(이를테면 빈속에 생라면 먹기라든가. 그렇게 먹으면 100퍼센트의 확률로 체하는데, 번번이 생라면에 손을 댄다)을 지속했다.

지금의 인생을 너무 사랑하지만 이십 대를 제대로 누리지 못한 것이 아쉬워서 문득 배를 움켜쥐곤 한다. 자신이 어떤 상황에서 좋음을 느끼고 스트레스를 받는지 정확히 알려고 하지도 않은 채, 인생이 불만족스럽다고 징징거리느라 청춘이라고 부를 수 있는 부분이 통째로 날아갔다는 게 두고두고 후회된다. 좀 더 능동적으로 내게 맞는 삶의 양식을 찾아뒀으면 좋았을 텐데. 시간은 많고 딱히 할 일은 없는 시절 그거라도 해놨으면 훨씬 더 많이 웃으며 살았을 텐데. 내가 주체가 되어 삶을 꾸리는 즐거움을 뒤늦게 알아챘다.

어린 시절 책등이 닳도록 펼쳐 읽던 동식물 백과사전을 느닷없이 떠올린 건, 초저녁잠을 자다 깨서 다시 잠들지 못하던 어느 날 밤이었다. 동물 혹은 식물에 관한 상세한 설명과 함께 그의 속성, 취급 방법 따위가 적힌 책을 나는 참 재밌어했다.

늑대는 개와는 달리 꼬리를 항상 밑으로 늘어뜨리고 있다는 것. 그래서 꼬리의 방향으론 그의 기분을 알 수가 없다는 것. 휴식하는 시간이 거의 없고, 자는 것처럼 보일 때도 실은 가수면 상태라는 것. 또 늑대가 전속력을 다해 질주할 때는 표적이 된 먹이를 잡을 자신이 있다는 뜻이라는 것. 늑대와 함께 살 게 아니라면 딱히 알 필요가 없는 시답잖은 정보들이었지만, 언젠가 늑대를 만나면 꼭 써먹으리라 다짐하며 읽고 또 읽었다.

그날 밤에, 나라는 존재도 백과사전 형태로 정리되어 있으면 좋겠다고 생각했다. 나는 나의 속성이나 취급법, 디테일을 쉽게 잊어버리니까. 문서 형태로 만들어두면 두고두고 유용하게 쓸 수 있지 않을까. 관찰력이나 기억력은 부족한 편이지만, 매일 일기를 쓰는 별종으로서 성실하게 기록하는 일만은 자신 있었다. 어떤 사실은 기록되는 것만으로 가치가 생긴다. 기록된 내용은 기록되지 않은 내용보다 훨씬 중요한 것처럼 느껴진다(최소한 나에겐 그렇다). 그러므로 쉽게 잊히지 않을 것이다. '분리수거 하기', '메일에 답장하기' 같은 일정은 달력에 표시까지 하면서, 왜 나에 대한 디테일은 아무렇게나 놓쳐버렸는지.

메모 앱에 'self made 백과사전' 폴더를 만들고 당장 떠오르는 나에 대한 정보들, 나를 데리고 살 때 알아두면 좋을 팁을 쭉 나열해봤다.

- **약간의 폐소 공포증 증세가 있다. 비행기를 탈 때는 창문 쪽 말고 복도 쪽 자리를 예약해둘 것. 노을 보겠다고 창문에**

앉았다가 숨 막혀 죽을 뻔한 적 있음.

• 단 음료를 먹으면 속이 뒤집어진다. 가끔 기분 내겠다고 크림이 듬뿍 올라간 음료를 시킬 때가 있는데. 그러지 말자. 얌전히 블랙커피를 마시자.

• 별것도 아닌 일로 난 짜증에 잡아먹힐 것 같을 때 유용한 처방: 따뜻한 물에 샤워하기, 햇볕 쬐기, 맥주 한 캔 마시며 걷기

• 누구라도 만나고 싶은 외로운 날이 상처받기 가장 쉬운 날이다. 가능하면 집에서 혼술하기. 사람이 너무 그리우면 차라리 술 먹는 사람이 나오는 유튜브 영상을 볼 것.

'와우! 엄청난 자의식 과잉이야. 누가 볼까 무섭군.' 고개를 절레절레 저으면서도 한편으로 재밌었다. MBTI 검사나 요즘 유행하는 유형 테스트(나의 성격과 닮은 연예인이나 동물을 추천해주는) 결과지에 나를 끼워 맞추는 일보다 백 배쯤 흥미로웠다. 어쩌면 우리는 누군가 자신을 분석해주기를, TMI에 불과한 정보들을 소중히 기록해주기를 바라는 걸지도.

놀이 삼아 슬슬 적다가 더 이상 쓸 말이 생각나지 않아서 카테고리별로 분류 작업을 시작했다. 이건 음식 관련된 것, 이건 인간관계에 관련된 것, 이건 음악 취향에 관련된 것. 위키백과처럼 정보를 검색하고 추가하기 편하도록 공들여 정리했다.

참고로 백과사전 만들기 프로젝트는 현재진행형으로(생각보다 끈기가 좋은 편이다), 일상에서 좋거나 싫은 찰나의 감정이 스칠 때마다 메모 앱을 열어 성실히 기록하고 있다.

- **입에 맞는 원두 목록: 콜롬비아, 브라질, 그리고 오늘 먹은 만델링 추가. 아이스로 먹어도 맛있음.**

(최종 수정일: 2018.07.13.)

실제로 작업을 해보니 예상치 못한 효능도 하나 있었다. 짜증이 머리끝까지 차올랐을 때 주섬주섬 백과사전 폴더를 열어 현재 상태를 기록하다 보면 뭐 이딴 걸로 짜증을 내고 있나 싶어서 괜한 심술이 가라앉았다.

• 꽃다발이나 화분을 안고 대중교통 타는 거 힘들어함. 식물은 도보로 이동 가능한 꽃집에서 사자.

(최종 수정일: 2019.02.09.)

일상의 빈틈에서 '나 백과사전'을 읽는다. 나를 기록해 둔 것인데도 어느 대목에선 새삼 낯설게 느껴지기도 한다. '이렇게 예민한 사람이었나?' 싶다가도 또 한심할 정도로 둔감하다. 내가 나를 어떻게 정의하느냐에 따라 같은 상황인데도 완전히 다른 태도가 튀어나오기도 한다. 이렇게 나를 입체적으로 이해해가는 과정이 즐겁다. 관성에 따라 늘 해오던 대로 나를 해석했다면 권태로워서 일평생 데리고 살기가 괴로웠을 것 같다.

• • •

언젠가 내 마음속 섀도복서(특징: 매사 부정적이며, 중요한 순간에 '왜'라는 화두에 매달려 될 일도 안 되게 함)가 물었다.

"왜 나 자신을 알아야 하나요? 왜 나의 디테일들을 기록하고 기억해야 하나요? 그냥 망각하면 망각한 대로 자연스럽게 살면 안 되나요?"

만족스러운 답을 얻지 못하면 절대 질문을 거두지 않는 끈질긴 놈이므로 성의 있는 답변을 준비해본다.

이왕 나로 태어난 인생, 나를 구석구석 알차게 활용해보고 싶기 때문이다. 재밌는 것들을 최대한 많이 누리며 살고 싶다. 무기력에 빠져 시간을 허비하지 않으려면 미리미리 스스로를 달래두어야 하고, 그러기 위해선 무엇보다 먼저 나를 알아야 한다. 찰나의 순간들을 기억하고 기록해서. 좋은 건 삼키고 싫은 건 뱉으면서. 남은 인생은 요령 있게 살기로 나랑 약속했다.

자신의 삶에 능숙한 사람들을 동경한다. 내가 아닌 무언가, 내 것이 될 수 없는 이상을 좇으며 존재하지 않는 것을 하염없이 기다리는 인생 말고. 나를 섬세하게 살피며 스스로에게 필요한 배려를 놓치지 않고 살고 싶다. 재미삼아 만들어본 백과사전이 그 바람을 이루는 데 큰 몫을 하고 있다.

누군가와 새롭게 연애를 하게 된다면 이 백과사전 링크를 공유해줄 텐데. 나만큼이나 나를 잘 아는 남편에겐 이 기록물이 딱히 쓸모없을 것 같아서 아쉽다.

혼자 하는 여행

- 심심함을 견디는 연습

계절에 한 번씩 제주도로 혼자 여행을 온다. '간다'가 아니라 '온다'라고 표현한 이유는 이 글을 쓰는 지금 제주에서 '그 여행'을 하고 있기 때문이다. 열흘 휴가를 내고 한여름의 제주를 보러 왔다.

혼자 여행 중이라고 하면 다들 묻는다. "심심하지 않아요?" 순순히 인정했다간 괜한 동정을 받을 게 분명하므로. "저 원래 혼자 잘 놀아서 괜찮아요."라고 말한다.

실은 무지 심심하고 외롭다. 나는 심심함을 견디는 연습을 하기 위해 혼자 여행한다. 심심하면 외로워지고 외로

우면 사람이 흉해지니까. 예전에는 사람으로 외로움을 채울 수 있을 거라고 생각했다. 하지만 인생에는 가족이나 애인, 친구가 채워줄 수 없는 종류의 외로움이 있는 것 같다. 심심한 순간에도 씩씩한 사람이 되고 싶어서 일부러 나를 외딴 동네에 혼자 놔둔다. 일종의 전지훈련인 셈이다.

여행 중 외로워지면 버스를 탄다. 어딘가로 이동하는 중에만 느낄 수 있는 안정감을 충전하기 위해서다. 외로움을 달랠 충분한 시간이 필요하므로 가능한 한 숙소로부터 멀고, 그렇지만 익숙한 동네를 신중하게 고른다. 제주도는 우리의 예상보다 훨씬 큰 섬이고(제주 면적이 서울의 세 배라는 것을 택시 기사님들로부터 반복 학습 받았다), 대부분의 버스는 배차 간격이 아주 길기 때문에 목적지까지 갔다가 숙소로 돌아오면 하루가 다 지나버린다. 특별한 일정 없이 혼자 어슬렁대는 나에겐 안성맞춤인 코스다.

버스 드라이브를 할 때마다 생각나는 에피소드가 하나 있다. 섬 바람에 감아둔 목도리가 자꾸 풀려서 어쩔 수 없이 목을 드러내고 걸어야 했던 어느 겨울날. 그날의 목적지는 금능리였다. 서쪽 끝에 있는 숙소에서 버스로 한 시간 정도 떨어진 곳이었다. 몇 년 전 그 동네에서 며칠 동안 머문 적이 있어서 거기 가면 적어도 길을 잃진 않을 것 같다는 이유로 그 동네를 선택했다. 버스 맨 앞줄 기사님 바로 옆자리(VIP석이다)에 앉아 휴대폰으로 시간 때울 곳을 열심히 찾았다. 마침 포구 옆에 바다를 보며 맥주 마실 만한 펍이 있다는 포스팅이 보였다.

버스에서 내리자마자 큰 개 두 마리를 만났다. 정류장에서 내려 마을 안쪽으로 걸어 들어가는데 어디선가 꼬리를 흔들며 개들이 나타났다. "안녕." 나는 개네 앞에 쪼그려 앉았다. 그런데 갑자기 검은 개가 짖기 시작했다. 친구가 짖으니 하얀 개도 덩달아 짖었다. 아, 괜히 아는 척했다. 그냥 지나갈걸. 애써 태연한 척하며 발걸음을 재촉했다. 개들은 내가 가는 방향으로 계속 따라왔다. 무서우니 제발 이쪽으로 오지 말아달라고 통사정을 해도 내 발치에 바짝 붙어 큰 소리로 계속 짖었다. 결국 계획했던 펍까지 가는 것을 포기하고 그냥 눈에 보이는 카페로 들어갔다. 따뜻한 공기가 얼굴에 닿자 긴장이 풀려 눈물이 찔끔 났다.

펜션에 딸린 작은 카페에는 사장님과 나 그리고 카페에서 키우는 개뿐이었다. 윤기 나는 갈색 털을 가진 귀가 긴 아이였다. 방금까지 개에게 쫓겼다는 사실을 잊고 발밑의 갈색 털뭉치를 쓰다듬었다. 어떤 개는 무서워하면서 어떤 개는 귀여워하는 나 자신을 속으로 조롱하면서.

"강아지 싫어하시면 방에 데려다 둬도 되는데. 괜찮으세요? 얘가 사람을 좋아해서 귀찮게 할 수도 있어서요."

"아니에요. 너무 착하고 귀여워요."

테이블에 김이 올라오는 커피를 내려놓으며 다시 사장님이 말했다.

"오면서 혹시 개 두 마리 못 보셨어요? 걔들도 사람 되게 좋아하는데. 우리 동네 터줏대감이에요."

"하얀 애랑 검은 애 말씀하시는 거죠? 안 그래도 버스정류장에서부터 따라오면서 엄청 짖더라고요. 사실 포구 쪽으로 가는 중이었는데 무서워서 여기로 들어왔어요."

"하하, 걔들이 좀 거칠죠? 좋다고 그러는 거긴 한데. 여행객분들은 무서워하시기도 해요."

아, 좋아서 그런 거였구나. 나처럼 친밀감을 폭식하는

타입인가. 민망하기도 미안하기도 해서 돌아가는 길에 다시 만나면 예뻐해줘야지 결심했으나 만나지 못했다.

그날 만난 개들이 이상하게 자꾸 생각났다. 상대가 무서워할 정도로 과격하게 달려드는 들개의 순간 위로, 불특정 다수에게 맥락 없는 애정을 갈구하던 이십 대의 내가 겹쳐 보였다. 나는 사랑이 고픈 아이였다. 나를 예뻐해줄 사람이 필요했다. 누구든 좋으니 내 머리를 쓰다듬어주고 사계절 내내 시린 손을 잡아주었으면 했다. 스쳐 지나가는 다정에 하나하나 의미를 부여하고 매달렸다. 긴긴밤은 잘 모르는 사람들과 친밀감을 폭식하며 견뎠다. 술에 잔뜩 취한 채로 헤어져야만 충분히 친해졌다고 믿었고, 누가 자리에서 먼저 일어나면 서운함을 감추지 못했다. 처음엔 내게 관심을 보이던 사람들도 며칠 굶은 사람처럼 달려드는 내 모습을 보곤 금세 질려 뒷걸음치곤 했다. 심심했고 외로웠고 그래서 내내 흉한 모습으로 지낸 시절이었다.

뭐든 연습하면 전혀 연습하지 않았을 때보다는 나아진다. 지난 몇 년간 혼자 여행하면서 심심함을 연습한 결과,

나는 (적어도) 해가 떠 있는 동안에는 혼자서도 씩씩한 어른이 되었다. 문제는 길고 긴 밤인데 그건 앞으로 차차 연습해보려고 한다. 아마도 마흔쯤엔 괜찮아지지 않을까 낙관하고 있다. 이번 여행의 목표는 심심하다고 아무한테나 연락하지 않기였고, 열흘간 나름 잘 참았다는 점에서 가능성을 봤다.

열흘간 시도했던 방법 중 가장 효과가 좋았던 건 걷기였다. 이번 여행에서 나는 정말 많이 걸었다. 아침에 일어나서 잠옷 차림으로 동네 산책을 한 뒤에 조식을 먹고 샤워를 하고 다시 걸으러 나갔다. 제주의 팔월은 말 그대로 지독히 뜨거워서 5분만 걸어도 입고 있던 원피스가 축축하게 젖어버리곤 했다. 한쪽 어깨에는 에코백을 반대편에는 카메라를 메고 땀을 흘리며 한적한 시골길을 걷고 있으니 길을 잃은 사람처럼 보였는지, 나를 지나치는 택시 기사님마다 창문을 내리고 어서 타라는 손짓을 해왔다. 그 유혹에 넘어가지 않고 꿋꿋하게 걷다 보면 땀을 식힐 수 있는 구간이 선물처럼 나타났다. 커다란 나무 그늘에 앉아서 하늘을 보거나, 바닷물에 발을 담그거나, 카페에서 낮

잠을 자거나 하는 식으로 휴식을 취한 뒤 다시 숙소까지 걸어갔다. 그렇게 종일 땀을 빼고 따뜻한 물로 샤워를 하니 심심할 틈 없이 밤에 잠이 잘 왔다. 역시 뭐든 연습하면 나아진다. 다음 계절에도 또 혼자 제주에 와야지. 와서 심심함을 견디는 연습을 해야지. 잊지 않고 다짐해야지. 심심할 때 흉해지는 사람이 되지 말자.

집의 일들

살면서 집에 이렇게까지 오래 머물러 본 적이 있었나? 타의에 의해 집에서 보내는 시간이 어쩔 수 없이 길어지는 요즘, 나는 내가 집과 어색한 사이라는 것을 뒤늦게 깨달았다. 막상 만나면 할 말이 없어서 고민이라는 서툰 연인처럼. 긴긴 시간 내내 스마트폰만 들여다보며 무료하게 지냈다. 코로나가 끝나면 나가서 재미있게 놀자고 스스로를 달래며 시간을 흘려버린 지 벌써 여섯 달째다. 여섯 달이면 성미 급한 연인은 사귀었다가 헤어지고도 남을 시간이다.

무기력증이 심해진 지도 꽤 됐다. 그 와중에도 다른 사람들은 뭐 하고 사나 SNS 염탐할 기력은 있다는 게 더 구렸다. 예로부터 나는 심심할 때 흉해지는 사람이다. 인생의 빅데이터가 위험 신호를 보내고 있었다. "이대로는 안 된다. 택배 상자라도 뜯자!" 커터칼을 꺼내 몇 주간 현관을 굴러다니던 택배 상자의 배를 갈랐다(택배를 향한 마음은 왜 손에 넣기 직전까지만 유효한가). 코로나 시대를 살아가는 작가 스물아홉 명의 글과 그림을 모았다는 책을 꺼내 읽다가 지금 내 상황에 꼭 필요한 이야기를 발견했다. 역시 사람은 책을 읽어야 한다.

> 그들은 드물게 성실하고 열정적인 사람들로 늘 뭔가를 하고 있었는데 놀라운 사실은 그렇게 바쁘고 많은 일을 하는데도 불구하고 여유로웠다는 사실이다. 그들은 항상 느긋했고 시간을 풍족하게 사용했다.
> 그게 어떻게 가능해요? 나는 그들에게 물었고 두 사람은 "하는 일이 없어서?"라고 웃으며 반문했다. 하는 일이 없는데… 그렇게 많은 걸 하다니…
> 조형준, 손민선 씨가 여유로운 이유는 여럿 있겠지만 가장 큰

이유 중 하나는 시간을 무의미하게 보내지 않는다는 데 있다. 사회관계망서비스(SNS)나 유튜브, 티브이 채널 따위를 돌리며 시간을 죽이고 자기혐오에 몸부림치면서 다시 불량식품 먹듯 불량 문화를 게걸스럽게 흡수하는, 현대인들의 악순환과 거리가 멀었다. 두 사람은 훨씬 잘 놀았고 제대로 놀았다. 그들에게는 예술가에게 흔히 보이는 자기혐오와 자기연민의 흔적이 거의 없었다. 유명해지지 못해서 안달이 나거나 돈 때문에 초조해하지도 않았다.

-《여기서 끝나야 시작되는 여행인지 몰라》, '코로나 시대를 위한 친절한 창업 가이드(정지돈 作)' 중, 알마

코로나 시대에 무려 빵 가게를, 그것도 하루에 베이글 딱 열두 개만 파는 대책 없는 가게를 낸 부부의 이야기였다. 그래 언제까지 이렇게 지낼 순 없지. 나도 자기혐오 같은 건 그만두고, 코로나가 끝나면 다 괜찮아질 거란 희망고문도 때려치우고 고립 생활을 잘 가꿔보자. 성실하고 열정적으로. 그렇지만 여유롭고 느긋하게.

모처럼 의욕을 찾아 일기장을 펼쳤다. 새해 계획을 세우

는 기분으로 집에서 할 수 있는 일의 리스트를 적어나갔다. 타의로는 망가뜨릴 수 없는 집의 일들이 내겐 필요했다.

그리고 매일 집의 일들을 성실히 행하다 보니 거짓말처럼 무기력이 옅어졌다. 심지어 어느새 나는… 왕이 되어 있었다. 요리왕, 캠핑왕, 산책왕(모양이 좀 빠지긴 하지만 모든 왕 타이틀 앞엔 '집구석'이라는 수식어를 붙여야 한다). 우리 집은 2인 가정이고 왕을 제외한 나머지 구성원은 평화주의자라 왕좌에 관심이 없다. 고립 생활이 계속되는 한 무리 없이 삼관왕 자리를 지킬 수 있을 것 같아 다행이다.

집의 일 하나, 요리 ○○○

김수현은 새로운 지식을 습득하는 걸 좋아한다. 최애 채널은 '과학드립'이다. 진짜 재밌는 영상 찾았다고 꼭 같이 봤으면 좋겠다고 졸라서 틀어보면 '사람을 먹으면 안 되는 이유', '기린의 목이 길어진 진짜 이유' 이런 내용이다. 알고리즘은 왜 재한테 저런(?) 걸 추천하는 걸까. 그야 허구한 날 저런(!) 것만 보니까 그렇겠지.

어느 날은 사이좋게 누워서 여왕벌이 만들어지는 과정에 대해서 보고 있었다. 사실 별로 궁금한 내용은 아니었는데 "좋은 글감이 될 것"이라기에 참고 봤다(항상 이런 식으로 꼬드긴다). 요약하자면, 태어난 직후 유충 간엔 유전적 차이가 거의 없는데 자라면서 어떤 먹이를 먹었고 먹지 않았느냐에 따라, 어떤 유충은 일벌로 어떤 유충은 여왕벌로 큰다는 이야기였다.

"그니까 내가 먹는 게 나를 만든다는 거잖아. 그동안 우리가 몸에 안 좋은 음식만 먹어서 일벌이 된 걸까?"

내가 습관적으로 자조하자 김수현은 보조개를 만들며 덧붙였다. "그래도 요즘엔 건강식 많이 먹잖아. 우리 집에 요리왕 있어서."

다들 비슷하겠지만 집에 고립되어 있으면서 살이 많이 쪘다. 배달 음식을 식탁에 차릴 기력도 없어서 침대에 누워 김밥이나 빵을 먹을 때도 있었다. 밥 해 먹을 새 없이 바쁘다기엔 일일 인스타그램 이용 시간은 매일 두 시간 이상이었다. 휴대폰 볼 시간을 줄여서 요리를 하자. 기왕이면 가볍고 건강한 음식을 먹자. 그게 '정릉동 삼시 세끼'의 시작이었다.

직접 밥을 해 먹는 일은 배달 음식을 시켜 먹는 일에 비해 가성비가 매우 떨어지는 노동이었는데 바로 그 점이 무기력함을 떨치는 데 큰 도움이 됐다. 매 끼니 메뉴를 고르고, 장을 보고, 요리를 하다 보면 시간이 잘 갔다. 그러다 보니 은근히 바빠져서 다른 사람의 인생을 염탐할 짬이 안 났다. 무엇보다 요리를 하는 동안엔 손에 물이 묻어 있어서 휴대폰을 만질 수 없었다. 매번 실패하던 디지털 디톡스가 이런 식으로 이루어질 줄은 꿈에도 몰랐다.

요리에 좀 익숙해지고 나서는 일부러 채소나 두부처럼 보존 기간이 짧은 식재료를 골라 냉장고를 채웠다. '네가 계속 누워 있으면 재들은 다 죽어. 좀비가 되겠지!'라고 생각하면 어떻게든 몸을 일으켜 싱크대 앞에 서게 됐다. 식재료를 썩히지 않고 제때 소비했을 때, 그럭저럭 먹을 만한 음식을 만들어냈을 때(감사합니다 백종원 선생님), 밥 먹고 식탁을 바로 치웠을 때 등. 삼시 세끼를 지어 먹는 과정에서 작은 승리를 경험할 수 있었다. 그렇게 얻은 성취감이 딱딱하게 굳은 자기혐오의 흔적을 덮어주었다.

"할 줄 아는 요리가 정말 많아졌어."

"맞아. 그리고 전부 팔아도 될 정도로 맛있어."

토마토 계란 볶음을 맛있게 먹으며 김수현이 기계적으로 반응했다. 참고로 이 친구는 내가 해준 모든 음식을 맛있게 먹지만 음식이 사라지는 순간 잊는다("내가 해준 음식 중에 제일 맛있었던 거 세 개만 말해봐." "음, 기억이 안 나네. 하지만 정말 다 맛있었어!").

"베이킹에도 한 번 도전해볼까? 〈여름방학〉 보니까 최우식이 빵 만들던데. 집에 놀러 오는 사람들한테 웰컴 푸드로 나눠주는 거. 좋아 보였어."

답지 않은 추진력으로 베이킹 재료를 검색하는 내게 김수현은 진지하게 조언했다. "근데 베이킹하면 너 스트레스 받을 것 같은데. 그건 정확해야 하잖아. 1그램만 더 넣어도 망하더라고."

"헐, 그러네. 베이킹은 하지 말자. 빵은 사 먹는 걸로!"

어제 해준 음식은 잘 기억하지 못하지만 내가 어떤 상황에서 스트레스 받는지는 귀신같이 아는 동거인에게 맛있는 걸 더 많이 해줘야겠다고 결심한 순간이었다.

고립 생활로 주말에 죄책감 없이 쉴 수 있는 유일한 방법을 잃었다. 평일엔 콘텐츠 에디터, 주말엔 에세이 작가로 투잡을 뛴 지 4년째. 캠핑은 주말도 휴가도 없이 마감에 쫓기는 내게 '윈도우 업데이트' 혹은 '비행기 모드' 같은 존재였다. 어쩔 수 없이 쉬어가야 하는 시간. 전기를 사용할 수 없으니 노트북 배터리가 방전되면 더 쓰고 싶어도 종료하는 수밖에 없었다. 얼마 남지 않은 휴대폰 배터리 또한 아껴야 하므로 유튜브 대신 책을 펼쳐야 했다. 그래서 캠핑할 때는 일부러 장편 소설을 챙겨 갔다. 스마트폰의 유혹을 이기고 장편 소설을 읽어낼 수 있는 장소는 숲에 놓인 캠핑 의자가 유일했다. 바꾸어 말하면 코로나 이후로 장편 소설도 못 읽고 죄책감 없이 쉬지도 못하고 있다는 뜻이다(다들 아시겠지만, 죄책감을 안고 쉬면 쉬어도 쉬는 게 아닙니다. 흑흑).

"사람 없는 캠핑장에 가서 조용히 놀다 오는 건 괜찮지 않을까. 외식 안 하고, 샤워실 이용 안 하면 밀접 접촉자도 딱히 없을 텐데"라고 말한 바로 그날. 한 캠핑장에서 확진자가 여섯 사람이나 나왔다는 뉴스가 보도됐다. 혹시 몰라서 차에 캠핑 장비를 바리바리 싣고 다니던 우리는 그중 일부를 집으로 옮겼다.

한껏 침울해진 내 눈치를 보던 김수현이 거실 한가운데 캠핑 의자와 테이블을 설치했다. 여기가 캠핑장이라고 생각하고 놀면 나름 재밌을 거라고, 이게 다 글감이 될 거라고 (또!) 꼬드겼다. 내가 못 이기는 척 캠핑 의자에 앉자, 김수현은 기다렸다는 듯 집에 있는 모든 조명을 끄고 오일 랜턴에 불을 붙였다. 주변이 캄캄해지니 제법 캠핑 느낌이 났다. "이것까지 틀어놓으면 완벽할걸? 늦가을 밤 꺼져가는 장작불과 풀벌레 소리! 유튜브에 있더라고." 노력이 가상해 나는 귀여운 상황극에 몰입해보기로 했다. "책 읽게 랜턴 하나 더 줘봐."

그날 이후 캠핑 의자와 테이블은 당분간 우리 집 거실 고정 멤버가 됐다. 고립 생활이 지칠 때면 캠핑 의자에 앉아서 선언한다. "나 지금부터 캠핑 모드!" 캡슐만 넣으면 1분 안에 신선한 커피를 뽑아주는(심지어 내가 어설프게 내린 커피보다 훨씬 맛있다) 머신을 두고, 굳이 그라인더로 커피콩을 갈아 드립 커피를 만들어 마신다. 집이 너무 편해서 권태로움을 느끼는 것일 테니 약간의 불편함을 셀프로 만들어 본다.

이번 주말 캠핑 의자에 앉아 읽은 책은 뒤라스의《타키니아의 작은 말들》이고 300페이지 중 절반 조금 넘게 읽었다. 참, 주말 이틀 중 반나절은 캠핑 중이기 때문에 '어쩔 수 없이' 집필 작업을 쉰다.

집의 일 셋, 산책 ○ ○ ○

정릉동에 산 지 3년째. 지금은 이 동네를 무척 아끼지만, 처음엔 변변찮은 카페 하나 없는 변두리 같아서 마음에 들지 않았다. 그러나 서울에서 우리가 가진 작고 귀여운 예산으로 구할 수 있는 집은 여기뿐이었다. 아직도 김수현은 동네 이야기만 나오면 나를 갈군다. 연남동에 살고 싶다고 고집부릴 때 진짜 짜증 났었다고.

이 동네에 정을 붙이지 못한 중요한 이유가 하나 더 있었는데, 이곳엔 도무지 산책할 만한 거리가 보이지 않았다. 보이는 건 오직 밤낮없이 과속하는 차들로 요란한 내부순환도로뿐. 집을 구하면서 알게 된 사실인데 동네의 가꾸어진 정도가 집값에 반영된다. 우리 집 옆에 잘 꾸민 공원이 있었다면 아마 그 공원의 아름다움만큼 집세가 비싸졌을 것이다. 그럼 우린 이 집을 사지 못했겠지.

그래서 시간이 생기면 좋아하는 동네로 마실을 나갔다. 내가 좋아하는 가게들이 모여 있는 서촌이나 연남동에 가서 '이런 동네에 살면 얼마나 좋을까' 푸념했다. 오직 산책을 위해서 차를 타고 먼 곳까지 이동하기도 했다.

그러다 코로나가 덮쳤고 남의 동네에 가서 산책을 즐기던 사치는 더 이상 할 수 없게 됐다. 좋든 싫든 이 동네에서 최소의 이동으로 모든 것을 해결해야 했다. 그즈음 정릉동에 고립된 한 여자의 지속적인 짜증으로 한 남자의 귀에서 피가 났다는 도시 괴담이 돌았다.

"산책하고 싶어, 맛있는 빵 먹고 싶어, 내가 좋아하는 술집에서 맥주 마시고 싶어."

잠을 너무 오래 자서 온몸이 퉁퉁 붓고 머리까지 아팠

던 날. 대단한 산책 코스가 아니어도 좋으니 어디든 걷자는 심정으로 나왔다가 올해의 운을 다 썼다. 집에서 빠른 걸음으로 20분쯤 떨어져 있는 곳에서 계곡을 발견한 것이다. 튜브까지 가지고 나와 본격 물놀이를 하는 아이들과 물가에 발을 담그고 앉아 과일을 먹는 어른들, 천변에서 러닝을 하는 사람들까지. 내가 꿈꾸던 이상적인 산책로의 모습이었다. 알 수 있었다. 남은 한 해 지금보다 기쁜 일은 없을 거라는 걸. 이렇게 좋은 데를 왜 아무도 안 알려줬지? 뜨내기 주민인 우리만 몰랐던 건가. 괜히 샐쭉한 표정을 지으며 정릉천에서 북한산 정릉지구를 잇는 긴 산책로를 천천히 걸었다. 걷다가 더워지면 바지를 둥둥 걷고 계곡으로 들어갔다. "헐 대박. 나 내일부터 여기 매일 오고 싶어. 물가에 사는 사람이 되기를 그렇게 바랐는데. 드디어 꿈을 이룬 건가?" 내가 한껏 들떠 떠드는 사이 김수현은 마스크를 내려 안에 고인 땀을 닦았다.

어느새 날이 쌀쌀해져 더는 물에 발을 담그진 않지만, 지난여름 슬리퍼가 마를 새 없이 매일 계곡에 갔다. 코앞에 계곡을 두고 3년 동안 몰랐던 것처럼, 정릉 어딘가에 또 보물 같은 곳이 있나 싶어 동네 구석구석도 열심히 싸돌아다녔다. 덕분에 정릉에 좋아하는 가게도 여럿 생겼다. 무려 수제 맥주를 만들어 파는 양조장과 오리에 청춘을 바치신 사장님이 있는 오리고기 가게, 또 체인점이지만 아래로 계곡이 내려다보이는 카페. 비록 조금만 걸어도 마스크 안에 땀이 맺히지만, 사회적 거리 두기 2.5단계가 시행되어 인심 좋은 양조장 사장님이 주는 시음용 맥주를 마시긴 힘들어졌지만. 그래도 이 정도면 버틸 만하다고. 동거인을 위로할 정도로 나는 나아져 있었다.

• • •

그러던 어느 날 산책 중에 부동산 앞에서 충격적인 문장을 봤다. '경축, 정릉골 재개발 건축 심의 통과!'

"헐, 이거 뭐야. 산책로 사라지는 건가? 계곡도?" 나는 물었다. "그러게. 그럴 수도 있겠네. 아닐 수도 있고. 우리는 슬프지만 동네 사람들은 좋아할 수도 있어. 어쩌면 산책을 할 수 없는 세상이 재개발보다 먼저 올지도 모르겠어. 오늘도 신규 확진자 300명대래."

아아, 앞으로 우리는 무엇을 더 잃게 될까. 타의로 망가뜨릴 수 없는 나만의 의식을 매일 성실히 실천하며 옅은 희망 같은 것을 발견했다고. 낙천적으로 글을 마무리하고 싶었는데. 역시 인생도 글도 계획대로 되는 법이 없네. 하하.

그나저나 저녁에는 무르기 직전인 애호박을 해치워야 한다. 이번 달 원고도 보내야 하고. 한 치 앞도 예상할 수 없는 나날. 해야 하는 일과 할 수 있는 일을 하며 보내는 것 말고는 뾰족한 수가 없다.

앞서 내가 고립 생활의 무기력을 떨쳐버리는 데 큰 도움을 주셨던 조형준, 손민선 씨 이야기를 다시 찾아 읽는다.

어쩌지?

어떻게 되겠죠.

어떻게 되겠지?

어떻게… 될까?

여행이 끝나고 난 뒤

탑동에 있는 맥줏집에서 서울행 비행기를 기다리고 있었다. 비행기 타기까지 두 시간 정도 남아 있었다. 언제부턴가 공항 가기 전 탑동에 들르는 게 일종의 통과의례가 됐다. "안녕. 이번에도 즐거웠어. 잘 있어. 또 올게"라고 말하는 대신 여기서 맥주를 마시며 노을을 봤다. 예전에 아침 비행기를 타고 헐레벌떡 서울로 돌아온 적이 있었는데, 이상하게 그 여행은 후유증이 유독 오래갔다. 그 뒤론 가능하면 저녁 비행기를 고집한다.

그날 테이블에는 바지락을 잔뜩 얹은 피자와 '여름회

동'이란 이름을 가진 맥주가 놓여 있었다. 혼자 있었다면 피자까진 시키지 않았을 텐데 여행 중 사귄 친구가 마침 공항 근처에 있다며 연락해왔다. 가끔이지만 혼자 여행을 시작해서 여럿으로 끝날 때도 있었다. 오늘처럼. 서울에서 만났다면 곁눈질로 서로를 훑어보고 스쳐 지나갔을 사람들과도 휴가 중엔 쉽게 친구가 된다. 따가운 섬 햇살 덕분인가. 냉동실에서 오랫동안 방치하는 바람에 돌처럼 굳은 마음도 여기에 내어 놓으면 금방 말랑해졌다.

"나는 내가 조용한 데에서 쉬는 거 좋아할 줄 알았거든? 근데 이상해. 혼자 바다 보고 있으면 괜히 우울해져. 육지에 있는 가족들 보고 싶고. 친구들도 다 거기에 있는데 여기서 혼자 뭐 하고 있나 싶고."

"누가 억지로 여기 있으라고 붙잡는 것도 아닌데 말이야. 그치."

"맞아! 그렇다고 여기가 싫은 건 절대 아닌데. 향수병인가?"

"막상 제주도 떠나면 지금이 엄청 그리워질걸."

"그럴 것 같아. 망했네."

마음속에 두 도시를 품은 사람은 그 대가로 일평생 어딜 가든 향수병을 앓게 되지. 마지막 맥주 한 모금을 털어 넣으며 혼자 생각했다. 그 친구는 제주도에 편도로 와서 한 달간 혼자 지내는 중이라고 했다. 걔가 느끼는 이상한 감정은 내게도 아주 익숙한 것이었다. 제주에 마음을 나눠준 이후로 서울에 있으면 제주가, 제주에 있으면 서울이 그리웠다. 고장 난 수도꼭지처럼 적당한 온도의 물을 찾기가 어려웠다. '앗 차가워, 앗 뜨거워'를 반복하며 서울과 제주를 오간 세월이 벌써 5년이다.

"소지하고 계신 스마트폰의 전원을 꺼주시거나 비행기 모드로 전환하여 주시기 바랍니다."

비행기 모양 버튼을 누르다 문득 '진짜' 혼자였던 순간은 지금뿐이라는 걸 깨달았다. 혼자 여행을 하더라도 늘 스마트폰으로 친구들과 연결되어 있었기 때문에 오롯이 고독해지진 못했다. 저녁 비행기라 이륙과 동시에 실내조명도 꺼졌다. 캄캄한 공간에서 등을 꼿꼿이 펴고 앉아 있으니(좌석 간격이 좁은 탓에 늘어질래도 늘어질 수가 없다) 어쩐지 명상을 하는 기분이 되었다.

눈을 감고 제주에서 보냈던 열흘을 가만히 되감아봤다. 먼저 디지털카메라에 담은 순간들. 손만 뻗으면 당장 확인할 수 있는 선명하고 아름다운 사진들을 후루룩 넘겨봤다. 그다음, 필름 카메라에 담긴 아직 인화되지 않은 감정들을 한 장 한 장 느리게 들여다봤다.

마음이 가장 오래 머물렀던 사진은, 여덟 번째 밤 대구에 있는 가족들과 통화하며 숙소 앞 바닷가를 걷는 장면이었다. 어머니도 아버지도 남편도. 왜 여름 휴가를 가족과 함께 보내지 않고 제주에 혼자 있는 거냐고 다그치지 않았다. 대신 내 안부를 물었다. 밥은 잘 챙겨 먹고 있는지, 글은 잘 써지는지, 많이 덥진 않은지. "우린 다 잘 있다. 여긴 걱정 말고 편하게 글 쓰고 오거래이~"

전화를 끊고 수평선을 따라 동동 떠 있는 한치 배를 보는데 청승맞게 눈이 흐려졌다. 섬에서 누리는 모든 것이. 달콤한 고독과 자유도. 일상에 두고 온 다정이 있어야 가능한 일임을. 내가 닿은 뭍의 고마움을. 나는 왜 떠나야만 깨닫는 걸까. 건강히 지내다 돌아가서 잘 살아야지. 다짐한 밤이었다.

"손님 여러분, 편안한 여행 되셨습니까. 우리 비행기는 김포국제공항에 도착했습니다. 비행기가 완전히 멈춘 후 좌석벨트 표시등이 꺼질 때까지 자리에서 기다려주십시오."

짧은 명상을 끝내고 비행기 모드를 해제하니 한 시간 동안 쌓인 알림 메시지 팝업이 우르르 뜬다. 스마트폰을 너무 많이 들여다보는 삶으로 1초 만에 복귀했다. 어쩐지 배도 살짝 고팠다. 분명히 비행기 타기 전에 피자와 맥주로 배를 채웠는데. 김포공항에만 오면 이상하게 허기가 진다. 그래서 이번에도 공항 안 편의점에 들러 김밥을 사 먹었다. 익숙한 맛이 났다. 서울의 맛. 예전에 그 익숙함이 그렇게 야속하더니. 오늘은 어쩐지 반가웠다.

"안녕 잘 있었어? 내 자리, 내가 해야 할 일, 나를 기다려주는 사람들아? 나 다시 여기서 잘해보려고."

말하는 대신 김밥 한 줄을 씩씩하게 먹어치웠다. 내일은 필름을 맡기러 가야겠다. 서울엔 필름을 인화할 수 있는 사진관이 여러 곳 있다.

나만 쓸 수 있는 이야기

글을 쓸 때 직접 경험한 이야기에 기대는 사람이 있고, 상상력을 발휘하길 즐기는 사람이 있다. 나의 경우 명백히 전자다. 상상력이 부족한 탓에 겪어보지 않은 일에 대해서는 좀처럼 쓰지 못한다. 오래 생각해 와서 충분히 익은 이야기, 쥐어짜지 않아도 자연스럽게 나오는 내 얘기를 하는 데서 글 쓰는 재미를 느낀다.

한동안 '냉장고 파먹기'라는 용어가 유행했었다. 따로 장을 보지 않고 냉장고에 있는 재료를 활용하는 일종의 살림 팁을 뜻한다. 음식의 종류는 오늘 냉장고에 뭐가 들어 있는가에 따라 달라진다. 글을 쓰기 위해 의자에 앉으면 냉장고 파먹기를 하는 심정이 되곤 했다(글을 쓰는 일과 음식을 만드는 일이 비슷하다고 생각하기 때문일까. 쓰기에 관해 설명하려고 하면 자연스럽게 요리의 과정을 떠올리게 된다). 어떤 글을 쓸 수 있을지는 냉장고에 뭐가 들어 있느냐에 따라 달라졌다. 그 냉장고엔 오직 내가 보고 듣고 경험한 재료만이 들어 있기 때문에 가끔 이런 생각이 들기도 했다.

'뭐야 왜 이렇게 재료가 부실해! 옆집 소라네 냉장고에는 외국에서 가져온 아스파라거스도 있고 파스타 소스도 있던데. 왜 우리 집 냉장고에는 흔해 빠진 감자랑 된장뿐인 거야. 이래 가지고는 특별한 요리(글)를 만들 수가 없잖아!'

글쓰기를 업으로 꿈꾸기 시작한 후부터는 나고 자란 장소가 정서에 미치는 영향에 대해 자주 떠올렸다. 프랑스에서 살다 온 친구 냉장고에는 우리 집엔 없는 버터가 들어 있었고, 그래서인지 걔가 쓴 글은 내 글과는 다른 풍미가 있었다. 또 마을을 따라 작은 개울이 흐르는 시골 동네에서 틈만 나면 공상을 하던 애만 쓸 수 있는 글이 분명 있었다. 그에 비하면 우리 동네 인천은 무난하고 시시하게만 느껴졌다. 아파트와 학원가로 이루어진 네모반듯한 계획도시. 나는 거기서 어른들이 시키는 대로 재미없는 학창시절을 보냈다. 한국 사람의 절반은 수도권에 산다고 하니 아마도 내 또래 대부분은 나와 비슷한 생각과 경험을 하며 자랐을 테다.

'사람 사는 게 다 거기서 거기'라는 사실은 양날의 검이 되어 나를 안심시키기도 불안에 떨게 하기도 했다. 생활인으로서 나랑 비슷한 경험을 가진 사람을 만나면 반가웠다. 나 혼자만 하는 줄 알았던 못나고 찌질한 생각들을 실은 남들도 다 품고 있다는 걸 알아챌 때마다 묘한 위안을 받았다. 나만 이렇게 구린 건 아니구나. 다들 이런 상황에선 속물 같은 마음을 먹는구나.

그런데 글쟁이로서 내 맘 같은 글을 발견하면 이런 생각부터 들었다. '아, 또 한발 늦었구나.' 책을 읽고 싶어 하는 사람보다 책을 쓰고 싶어 하는 사람이 더 많은 세상이다. 그런 세상에서 이미 몇 번이나 반복된 이야기를 또 써도 되는 걸까? 사람들이 과연 일기장에나 등장할 법한 시시한 서사를 책으로 읽고 싶어 할까?

글이 풀리지 않을 때면 괜히 굴곡 없는 성장 배경을 탓하며 시무룩해졌다(정확히는 굴곡이 없는 게 아니라 글로 쓸 만한 비범한 이야기가 없는 것이긴 했지만). 사무실에 앉아 한참 업무를 보다가도 문득 불안해졌다. 내가 이렇게 속세에 찌들어 있는 동안 다른 작가들은 근사한 공간에서 특별한 경험을 하며 자신만의 서사를 쌓아가고 있겠지. 그래서 한동안은 글감이 될 만한 특이한 경험을 일부러 찾아다니기도 했다. 그렇게 흉내만 내서는 아무것도 못 된다는 사실을 누구보다 잘 알고 있었지만 마냥 손을 놓고 있을 수만도 없었다. 어떻게든 독자들의 눈에 들 만한 이야기를 쓰고 싶었다.

나만 쓸 수 있는 이야기에 대한 강박은 조금씩 써 모은 글이 백 편 정도 모이고, 나에게 주어진 글감을 능숙하게 요리할 수 있게 된 후에야 겨우 옅어졌다. 그리고 얼마 전 싱어송라이터 빅베이비드라이버(이하 '빅베')의 인터뷰를 읽다가 예전의 나에게 읽히고 싶은 에피소드를 발견했다.

영어 가사와 한글 가사 사이에 어떤 차이가 있냐는 인

터뷰어의 질문에 그는 답변 대신 '농담'이라는 노래를 만들 때 있었던 이야기를 들려줬다. 그 노래의 가사를 쓸 때 한글로 쓸지 영어로 쓸지 고민하던 빅베는 결국 한글로 완성하기로 정한다. 그 결정에는 은퇴하고 취미로 서예를 하시는 아버지의 영향이 있었다. 한문 서예만 하던 아버지가 종목을 바꿔서 한글 서예를 시작하셨기 때문이다. 한자로 된 아버지의 작품을 볼 때는 잘한다 못한다를 떠나 "음 서예구나" 하는 생각만 들었단다. 근데 한글 서예를 하니까 내용을 읽을 수 있게 됐고, 그제야 서툰 부분이 보이면서 작품이 귀엽게 느껴져 애정이 생기더란다. 그 체험을 통해 '그동안 내가 영어로 노래한 게 한자 서예 같은 거 아닌가' 하는 생각을 하게 됐다고. 부족한 부분을 낯선 언어로 대충 감추기보다는, 정직하게 보여주는 쪽을 택했다고 말했다.

수많은 뮤지션의 인터뷰를 읽어오면서 한글 가사와 영어 가사의 차이에 대한 문답을 자주 봤지만, 빅베의 저 답변만큼 와 닿는 것은 없었다. 평범한 일상의 사소한 순간들이 만든 맥락 속에서 깨달음을 얻는 과정이 진심으로 멋져 보였다. 이거야말로 그 사람만이 할 수 있는 이야기였다. 퇴직 후 서예를 시작한 아버지를 둔 싱어송라이터만 할 수 있는 이야기. 아니, 한글과 영어 가사 사이에서 고민하는 시기에 한문 서예에서 한글 서예로 전향한 아버지의 작품을 본 사람만의 이야기. 거창하진 않지만 그 인생을 살아온 사람만이 할 수 있는 진짜. 어쩌면 내가 그토록 찾아 헤맨 '나만 쓸 수 있는 이야기'는 시시하다고 무시했던 내 인생 안에 이미 들어 있을지도 모르겠단 생각이 들었다. 사실 세상에 평범한 인생이 어디 있겠는가. 내가 인생을 게으르게 해석했을 뿐.

인연이란 게 있는 걸까? 우리 팀 인턴으로 들어와 이제는 친구가 된 지원이가 언젠가 이런 말을 한 적이 있다. "글을 쓰기엔 제가 너무 평범하게 살아온 것 같아요. 이슬아 작가님처럼 엄마를 이름으로 부르기라도 해야 할까 봐요." 이 글이 그때 못한 대답을 대신할 수 있을 것 같다.

예전에 '나의 자아는 12인조 아이돌 그룹과 비슷하다'는 글을 쓴 적이 있다. 인사성 바른 멤버 A도, 글 쓰는 멤버 B도, 제 분을 못 이겨 이따금 소리를 지르곤 하는 다혈

질 멤버 C도, 8년차 직장인 D도 모두 그룹의 일원, 즉 나라고. 그러니 인간의 입체성을 인정하자는 이야기였다.

그러나 나는 사실 글 쓰는 자아를 특별히 애틋하게 여긴다(올 팬이 진리라는 걸 머리로는 알지만 마음까지 어쩌지는 못한다). 그는 무심하지 않다. 평범하다고, 뻔하다고, 화려하지 않다고 무시하거나 지나쳐버리지 않는다. 대신 자신의 심연 앞에 쪼그려 앉아서 더 나은 삶에 대해 자주 고민한다. 타인의 심연을 궁금해하며 매달 10권 이상의 책을 사고 읽는다. 그 과정에서 발견한 반짝임들, 생활의 때에 가려 잘 보이지 않는 보석들을 글로 옮긴다. 명예를 누리게 해주지도, 부를 가져다 주지도 않는 이 일에 시간을 들인다는 점에서, 나는 그가 아주 멋지다고 생각한다.

소설가 황정은은 한 인터뷰에서 이렇게 말했다.

"사람은 소설을 읽지 않아도 살지만, 소설은 수많은 이야기를 들려줌으로써, 타인과 자신의 경계를 무너뜨린다."

주어를 살짝 바꿔 이렇게 읽어본다.

'사람은 글을 쓰거나 읽지 않아도 삽니다.'

맞다. 글이 없어도 사는 데 지장은 없다. 그렇지만 글은 타인의 이야기를 내 이야기로 만들어준다.

아마 이 페이지를 읽는 사람의 마음에도 글 쓰는 멤버가 한자리쯤 차지하고 있을지도 모르겠다. 잘 모르는 작가 에세이를 262페이지나 읽어낼 정도의 끈기라면. 일기를 쓰든 블로그를 하든 인스타그램을 하든 어떤 식으로든 '나만 할 수 있는 이야기'를 만드는 사람일 확률이 높다.

언젠가 여러분의 이야기도 읽을 수 있었으면 좋겠다. 우리가 어디서든 와락 만나게 되기를 고대한다. 아무거나 말고 좋아하는 것들로 채운 각자의 인생에 대해서. 시간을 들여 천천히 들어보고 싶다.

달면 삼키고 쓰면 좀 뱉을게요

초판 1쇄 인쇄 2021년 5월 6일
초판 1쇄 발행 2021년 5월 12일

지은이 김혜원
펴낸이 김선식

경영총괄 김은영
편집인 박경순
책임마케터 이고은
마케팅본부장 이주화 **마케팅2팀** 권장규, 이고은, 김지우
미디어홍보본부장 정명찬 **홍보팀** 안지혜, 박재연, 이소영, 김은지
뉴미디어팀 김선욱, 허지호, 염아라, 김혜원, 이수인, 배한진, 석찬미
저작권팀 한승빈, 김재원
경영관리본부 허대우, 하미선, 박상민, 권송이, 김민아, 윤이경, 이소희, 이우철, 김재경, 최완규, 이지우, 김혜진
디자인 강경신 디자인
일러스트 최혜령

펴낸곳 다산북스 **출판등록** 2005년 12월 23일 제313-2005-00277호
주소 경기도 파주시 회동길 490
전화번호 02-704-1724
이메일 uyoung@uyoung.kr
홈페이지 www.dasan.group
종이 IPP **출력·인쇄** 민언프린텍 **후가공** 제이오엘앤피 **제본** 정문바인텍
ISBN 979-11-306-3742-6 03810

• 유영은 (주)다산북스의 임프린트입니다.
• 책값은 뒤표지에 있습니다.
• 파본은 구입하신 서점에서 교환해드립니다.